# 纯粹的铁

## 在心里藏一块

王建◎著

陕西新华出版
太白文艺出版社·西安

图书在版编目（CIP）数据

在心里藏一块纯粹的铁 / 王建著 . -- 西安：太白文艺出版社 , 2024.3

ISBN 978-7-5513-2562-2

Ⅰ . ①在… Ⅱ . ①王… Ⅲ . ①诗集－中国－当代 Ⅳ . ① I227

中国国家版本馆 CIP 数据核字（2024）第 011691 号

## 在心里藏一块纯粹的铁
ZAI XINLI CANG YIKUAI CHUNCUI DE TIE

| 作　　者 | 王　建 |
| --- | --- |
| 责任编辑 | 付　惠　葛晓帅 |
| 封面设计 | 杨三江 |
| 版式设计 | 設+张洪海 |
| 出版发行 | 太白文艺出版社 |
| 经　　销 | 新华书店 |
| 印　　刷 | 西安市建明工贸有限责任公司 |
| 开　　本 | 787mm×1092mm　1/32 |
| 字　　数 | 86 千字 |
| 印　　张 | 8.5 |
| 版　　次 | 2024 年 3 月第 1 版 |
| 印　　次 | 2024 年 3 月第 1 次印刷 |
| 书　　号 | ISBN 978-7-5513-2562-2 |
| 定　　价 | 58.00 元 |

版权所有　翻印必究
如有印装质量问题，可寄出版社印制部调换
联系电话：029-81206800
出版社地址：西安市曲江新区登高路 1388 号（邮编：710061）
营销中心电话：029-87277748　029-87217872

# 生命本真的纯粹性书写

党宪宗

多年来，我对合阳的文化艺术事业一直很热心，尤其是对不断涌现的文学新人，更是不遗余力地鼓励和推介。当王建拿着他的诗稿来请我提点意见时，我很高兴，既有文人间相知相惜的欣喜，更为合阳又出诗歌新人而欣慰和激动。

王建做过教师，后又从政。无论工作如何变化，他钟情诗歌的初心始终未改，繁忙工作之余，孜孜不倦地坚持诗歌创作。当诗歌成为生命中不可或缺的存在时，就需要通过它来捕捉和发掘闪耀着精神之光的文本，构筑诗意的世界。王建的诗歌既有对笔下物象的赞美，又有对生命的沉重思考。心中有梦，眼中是诗。于是乎，一物一景、一花一草，在诗人的笔端尽显诗情与画意，落笔处尽透生命的本真力量。

古人云："诗是心声，不可违心而出，亦不能违心而出。"王建的诗低调、从容、耐人寻味，同时又体现出关怀、悲悯、善良的精神内涵。他的诗歌之美，首先美在意境，诗人以独特的视角和意象，来抒写深刻哲理和生命真谛。一抹朝阳、一缕月光、一只雨后的蜗牛、一朵早春的迎春花、一次日常的理发、一个早市的菜摊、花盆里的一株麦苗、一顶草帽、一把椅子、一只流浪的野猫，甚至一片落叶，在诗人的笔下皆诗意盈盈，无不折射出诗人对生命的虔诚与敬畏。

心中有阳光，满眼皆是景。王建的诗像他的人一样纯朴平实，思想深邃，带给人一种奋发向上的精神力量。无论是那沸腾的药罐，还是那破损的瓷瓮，抑或是静默不语的磨刀石、悬挂在屋檐下生锈的镰刀、路边的棋摊、在广场玩牌的老人……生活中随处可见的事物皆成了他诗歌创作的源泉。诗人的抒写没有停留在对事物表象的描写和叙述层面，而是深入其内核，在生命的多维度间以文字来体悟语言与情感之间的距离，衡量着诗歌与思想之间的高度。一个个物象，一个个景语间连缀着他对社会、对生命、对爱情和对人生深深的感悟。其诗歌既保留了现实的感性，又具有超越现实的启迪意味。

诗集《在心里藏一块纯粹的铁》分为"时光之轻""赤子情怀""物我相惜""唯美汉字""时令神韵"五辑。从不同的角度和视域，书写历史与现实的纵深，意象绵密，格高意远。

"让坚强和冷静慢慢融化，随血脉／渗透到每一寸骨头和肌肉。"诗人开篇坦率表白要坚守住一个诗人心灵的底线，要坚守做人的原则，铿锵有力、掷地有声。这种高尚的情操和坦率的表白始终贯穿在整部诗集中，表现了一个赤子对家乡的眷恋，对正义的呼唤。诗人刚柔相济，以一颗赤诚的心看待一物一景，一感一悟都在呼唤着人的良知。在物欲横流的红尘中，诗人给心灵打扫出一片清静的地方。

亲情是人间最真挚、最牢固、最持久的情愫,是血浓于水的情感使然。诗人王建出身农村,对农村、农民有着一种深厚的情感。《爷爷的茶》又苦又涩,苦涩的是农民的困苦与无奈;《祖母与纺车》中长长的棉线一头牵着太阳,一头牵着月亮,一丝一缕纺出了人间的经纬线,纺出了人间的温暖和真情;《我是父亲捧在手心的一个谦辞》里,父亲一生都在为了我这个"谦辞"辛劳着、苦焦着。

生活内在的底蕴、生命真实的体验,以及思想启悟的深度和灵魂震颤的瞬间,皆成为诗人精神的原乡,呼唤着诗人的激情。《关中的麦子熟了》《武帝山下的红苹果》《老锄头》《荁面》《向日葵》等既有农民丰收后的喜悦,也有对旧时光的怀念。作者通过对人的怀念,对物的感知表达着乡情和乡愁,以及对一些传统文化流失的无限感慨。故乡的一草一木,一山一水都是流淌在心灵深处的情愫,故乡的人文风情无时无刻不在牵动着诗人敏锐的神经。《洽川湿地写意》书写湿地特有的唯美景致和内涵;《故乡在村庄的背面》中,故乡在诗人的眼睛里,在诗人的乡愁里;《东雷抽黄一级站抒怀》的黄河水上原,黄土地的眸子终于亮了;《十里荷塘》既有莲藕出淤泥而不染的风骨,又有"北国江南"的秀丽美景;地头、埝边、沟岔,随处可见的《老柿树》,屹立数百年,顽强挺拔,历尽沧桑。

"唯美汉字"中,诗人透过汉字的结构和含义,阐述了生活的丰富多彩和做人的哲理。"有的人/描了一辈子/也把握不好轻重。"

这种别具一格的风格，在娓娓道来的语句间流露出浓郁的诗意，带给我们情感的触动和心灵的震撼。

当诗人用诗歌来表达对世界、对生命的感受时，情感的力量，语言的传达，才会散发出诗性的光芒。四季轮回是不可抗拒的自然规律，蕴藏着春播、夏长、秋收、冬藏的辛勤劳作和丰收后的喜悦。诗人透过二十四节气来展现农民一年四季的劳作和生活，所揭示的主题鲜明、深刻。

优秀的诗人一定会把根深深扎在人民的土壤中。王建的诗可以让人敞开心扉，去观察、感受人世间的真善美和大自然赋予人类的恩泽。

王建笔下生发的故乡眷情，是其精神世界的反光，包含着对意象与具象在语境张力之下的密集交汇，其诗性关照得以填充和扩张，其情感的流淌就有了叙述的动力。其诗歌带有自醒、自觉的舒适，犹如灵魂的光芒，自带温暖。其诗歌立体而丰硕，无论指涉多么窄小，其结构都是开放的，层次都是有落差的，语言都是有张力的。

好的诗歌自带灵性，出自鲜活的生命体验。我喜欢王建笔下这些纯粹自然的诗，因为它们来自广袤大地，来自日常生活，来自真情实感，更重要的是，来自一个既有灵性又有丰富生命体验的书写者。《在心里藏一块纯粹的铁》不单单是一次诗歌的集结，更是诗人心路历程的真实呈现，是他灵魂家园的铺展，是他精神与思想的汇集。

诗路漫长,祝福王建在诗歌的道路上创作出更多更好的作品。

(作者系中国作家协会会员,陕西省第二届最具有文化影响力人物,著名作家贾平凹书赠其为"人民诗人"。)

# 人文关照和精神理想的诗性表达

党宏

王建是渭北合阳人。合阳地处黄河之滨,是《诗经》的发祥地之一,有着悠久的历史和深厚的文化底蕴,是一块文化热土,是一片诗歌田园,历史上出现过许多在全国有影响的诗人及作品。同是合阳人,我为之骄傲。同时,作为合阳作家协会的负责人,我还感到肩上有一份责任。因此,当王建拿着他的诗稿来让我写序的时候,我虽恐难以胜任,但还是没有拒绝,甚至觉得义不容辞。

我多年前就认识王建,只是彼此鲜有交往。近几年看到他的诗作,原以为他是一位写诗的新人,殊不知他已爱诗、读诗、写诗多年。读诗、写诗一直是他精神生活的一部分,只因忙于公务,鲜有作品发表,近几年作品看似井喷而出,实则是厚积薄发而来。

王建的诗歌,风格平静而超拔。这部诗集是王建近几年诗歌创作成果的结集,全书分为五辑,题材广泛,内容丰富。岁月、乡愁、自然、哲理,皆有涵盖。一片落叶、一粒沙子、一串风铃、一只蚂蚁,在王建的笔下都是那么鲜活生动而富有诗意。

行走是一种生命体验,是一场灵魂旅行。王建一直持续着他诗意的人文行走,行走在太阳下、大地上,在宇宙万物的背后,诗人的触觉放得更自然、平等。

  在拥挤的心里，打扫出一片／干净的地方／把一块纯粹的铁藏进去／让坚硬和冷静慢慢融化，随血脉／渗透到每一寸骨头和肌肉／……这样，爱和柔软便有了足够的硬度——《在心里藏一块纯粹的铁》

这是一种勇敢的精神升华和理想营构，而且这种升华和营构在当下的诗歌创作中难能可贵。

王建对生养自己的故土满怀热爱、眷恋和牵挂。他以诗歌的形式，致敬大地，歌吟故乡。这种情感在他的诸多诗章中都有浸润和发酵，成为其诗歌精神与思想的寄托。

  无需额外的粉饰／素颜的故乡／把乡音之内的质地／自然裸露在风雨里／那些写意的植物／以饱满的穗头／宣示着土地持久的激情——《故乡在村庄的背面》

  故乡像一枚被月光包裹的果实／嚼着嚼着，就有了甜度——《探乡》

弥漫着的乡愁，血浓与水的亲情，借着镰刀、老锄头、纺车、相框、柴禾堆而有了诗意的延伸；苹果、棉花、向日葵、油菜花、老柿树、荷塘、芦荡、候鸟……无不成为其诗歌意象的载体；街道上的棋摊儿、熙熙攘攘的早市……都是他诗歌灵感的源泉，着眼不俗，随手成诗。诗歌真实、自然、安静、温热，既带有烟火气，又似乎从烟火气中跳脱了出来，呈现出发自肺腑的人文关照和精神理想，充满诗意的力量。

经年累月，磨石日渐消瘦/父亲在磨石上，终于/磨光了自己的棱角和脾气/他和磨石配合默契/向时间，交出了所有的锐利——《磨石》

　　母亲不善言辞/表情朴素/很像棉花/把爱和坚韧/都藏在柔软的质地里——《为棉花浅唱》

　　王建长期从事基层工作，与老百姓打交道是日常便饭。他双脚裹着泥土，把老百姓的生活冷暖揣在心上。因此，他心怀悲悯，文随心境，字里行间透着温暖气息。

　　每天这个时辰，中心广场/就迎来了自己的辉煌/一半来自白发/一半来自夕阳——《中心广场上玩牌的老人》

　　王建对中华传统文化情有独钟，作为写作者，他对汉字充满热爱和敬畏。

　　这两笔/不太好写/有的人/描了一辈子/也把握不好轻重/……一个简单的/汉字/容不得败笔/写好了/浓墨重彩/写不好/一塌糊涂——《人》

　　青春洋溢的树木/手拉手肩并肩/自信从容地向前迈进/脚步走过的地方/荒芜销声匿迹/万物滋养/生生不息——《森》

　　这些诗不仅是对汉字结构的剖析解读，更是对自身生活境界、人生感悟、精神理想的追本溯源。

　　合阳有国家4A级旅游景区——洽川，一条大河、十里荷塘、百种珍禽、千眼濆泉、万顷芦荡自然成为诗人创作的素材和灵感。

> 东边是肤色一样的黄河／西边是古道热肠的莽原／一路逶迤向南／置身其间／十里荷塘在土味深厚的家底上／出落得江南味十足——《十里荷塘》

天地有灵，这样的诗，完全契合这片地域的气质。

王建的诗歌将具象和意象极好地融为一体，既形象生动，又富有想象空间，增强了诗歌的表现力，让物、事、景在自己的笔下焕然一新。

> 互为反对派／但它们从不为敌／不停地拔出对方体内的荆棘，和／一切为美所不容的事物／它们向来不为反对而反对／只是在温和的否定中／为对方加分——《昼与夜》

> 山的心已经被掏得差不多了／土地也虚弱地喘息／债务到期，归还的时刻／囊中空空如也的我们／是否，只能以十指作笔／蘸着仅存的几滴泪水／替一个年代，悔过？——《往事从指尖滑落》

王建的诗无疑是根植于中国传统诗歌的，是沁润了古诗词气息的，然而他的思维和意象手法又显然是现代的。这使得他的诗歌既有美感又有质感，既厚重又灵动。

> 蛙鸣，如今已是奢侈的乡音／……其中，掺和了属于游子的一个声部／思念，便被这此起彼伏的和声／摩擦得清明透亮，古色古香——《蛙鸣》

> 在不断老去的路上／人类不停地修修补补／不断地替虚空找到替补／当行囊空无一物时／就把自己／填上去／替光

阴，打个结实的补丁——《填空》

这部诗集，是诗人与世界的对话，有与自然的热情交流，有与社会的真诚思辨，有与生命的围炉夜话，有与时光的窃窃私语，有与家乡的心声回应，可以说是诗人心灵的诗路花语。

每个作家和诗人都有他的文学成长，精神发育，走向成熟的过程。王建还在不断学习和进步。随着生命体验、人生阅历、人性感知的丰富和积淀，其诗歌创作也将迎来成熟期和采摘期。

诗在远方，与王建同行共勉！

是为序。

（作者系陕西省作家协会会员，合阳县作家协会主席，已出版诗文集《随意人生之那份情》、散文集《聆听心灵的回声》、诗集《心像》等。）

# 目 录

## 第一辑 时光之轻

在心里藏一块纯粹的铁　002

熬药　003

节　005

囚徒　006

荆棘　008

死当　010

磨石　012

下沉的物像　014

一夜白头的芦苇　016

沉默是金　018

夕阳情　019

白羊岔邂逅连翘花　020

往事从指尖滑落　022

雷电　024

沙子　026

| | |
|---|---|
| 暮秋之山 | 027 |
| 听雪 | 029 |
| 野猫 | 031 |
| 下半场 | 033 |
| 傍晚的三种事物 | 035 |
| 廊架 | 036 |
| 独白 | 038 |
| 理发记 | 040 |
| 铠甲 | 042 |
| 盛夏午后 | 044 |
| 伤疤与眼睛 | 045 |
| 雨过盛夏 | 047 |
| 昼与夜 | 049 |
| 淘洗 | 050 |
| 骨头在月光下拔节 | 051 |
| 清明前夜微雨 | 052 |
| 纸上的光 | 053 |
| 填空 | 055 |
| 山中 | 056 |
| 空椅子 | 058 |

| | |
|---|---|
| 尘世的纠结 | 061 |
| 奇迹 | 062 |
| 旁观者 | 063 |
| 棋摊 | 064 |
| 安慰 | 065 |
| 光阴 | 066 |

## 第二辑　赤子情怀

| | |
|---|---|
| 故乡在村庄的背面 | 070 |
| 我是父亲捧在手心的一个谦辞 | 072 |
| 爷爷的茶 | 074 |
| 麦浪，从布谷鸟的叫声中唤醒镰刀 | 075 |
| 祖母与纺车 | 076 |
| 佛光 | 078 |
| 养蜂人 | 080 |
| 送行 | 082 |
| 老锄头 | 083 |
| 向日葵 | 085 |
| 暖冬 | 087 |

| | |
|---|---|
| 探乡 | 089 |
| 陪伴 | 091 |
| 思念 | 093 |
| 暮晚 | 094 |
| 父亲 | 096 |
| 加一点的幸福 | 098 |
| 武帝山下的红苹果 | 099 |
| 爬山人 | 102 |
| 油菜花和姐姐 | 104 |
| 南关市场早市 | 106 |
| 关中的麦子熟了 | 108 |
| 青涩的麦穗 | 111 |
| 花盆中的麦苗 | 114 |
| 蛙鸣 | 116 |
| 影子 | 117 |
| 千佛洞感怀 | 119 |
| 中心广场上玩牌的老人 | 120 |
| 跫面 | 121 |

## 第三辑　物我相惜

| | |
|---|---|
| 四月的内心独白 | 124 |
| 我是一株迎春花 | 126 |
| 我是一棵树的影子 | 128 |
| 丹顶鹤 | 129 |
| 洽川湿地写意 | 131 |
| 三月，一朵桃花在枝头张望 | 134 |
| 老柿树 | 136 |
| 子夏石室的桃花 | 138 |
| 罗山寺的春天 | 139 |
| 武帝山写意 | 141 |
| 东雷抽黄一级站抒怀 | 143 |
| 在赶往春天的路上 | 145 |
| 风铃 | 147 |
| 万顷芦荡 | 148 |
| 十里荷塘 | 152 |
| 候鸟 | 156 |
| 帝喾陵的荣光 | 159 |
| 红叶之恋 | 162 |

| | |
|---|---|
| 为棉花浅唱 | 163 |
| 写给落叶的诗 | 165 |
| 细雨 | 166 |
| 相框 | 167 |
| 一只蚂蚁 | 169 |
| 红豆 | 171 |
| 无题 | 173 |
| 洽川夏荷记 | 174 |
| 玄武青石殿 | 176 |
| 果实般的鸟鸣 | 177 |
| 大雪掩盖了柴火堆 | 178 |
| 邻居 | 179 |
| 马踏飞燕 | 181 |
| 残瓷 | 183 |
| 鸟巢 | 185 |
| 丰收的滋味 | 186 |
| 压力 | 188 |
| 又一年 | 189 |
| 入春札记 | 191 |
| 旗袍 | 193 |

| | |
|---|---|
| 樱花 | 195 |
| 天桥上的蜗牛 | 197 |

## 第四辑　唯美汉字

| | |
|---|---|
| 王 | 200 |
| 人 | 202 |
| 北 | 205 |
| 田 | 206 |
| 困 | 207 |
| 秦 | 208 |
| 森 | 210 |
| 川 | 212 |
| 河 | 214 |
| 诺 | 217 |
| 美 | 220 |
| 禾 | 222 |
| 水 | 224 |
| 休 | 227 |
| 好 | 228 |

家 230

## 第五辑　时令神韵

立春 232

雨水 233

惊蛰 235

春分 236

清明 237

谷雨 239

立夏 240

小满 241

芒种 243

夏至 244

立秋 245

重阳 248

大寒 250

除夕 252

第一辑

时光之轻

## 在心里藏一块纯粹的铁

在拥挤的心里,打扫出一片
干净的地方
把一块纯粹的铁藏进去
让坚硬和冷静慢慢融化,随血脉
渗透到每一寸骨头和肌肉

有了这样的铺垫
便多了几种应对莫测的选项
面对荒芜,可用它铸犁
遭遇野蛮,亦可用它锻剑
这样,爱和柔软便有了足够的硬度
持守的良善,在冷静的底线后
埋伏了足以自卫的武装

## 熬　药

一味酸辣太阳，几两
清白月光，外加陈年药引
一副结满风尘，冷雨浸透的苦胆

药力需要导师。漫长地成长
四处裂缝的肉身药罐，燃起文武之火
君臣相佐，携手一碗锦绣文章
阴阳互补，按住妖，扶起弱枝上的歌喉

文火慢工，明和暗反复交锋
把苦胆的苦寒打磨成钩，钓出胸肋间
潜伏的，更苦的食肉类
钓出厚黑、陷阱、背叛以及软骨……
频繁止沸的泪水，一再爆出六瓣梅花
剖明心迹，抚平脱缰野马

一根白骨，内心历经起承转合

裂缝中,牵出闪电的药香
一味良药,在灵魂古道氤氲
霸道和王道的辩证法
苦到极致,逼命运交出甜

良药苦口,我总是
无比虔诚地留下一半药汤
敬奉给脚下命运坎坷的泥土
顺便给大地也治治,各种痼疾与新伤

# 节

把不断老旧的部分
做成梯子,一截一截接力着
支撑在脚底
天长日久,首尾连接处
会起泡,流血,结痂
最终像竹子一样,隆起比身体
还要坚硬的骨节
有了这个节,我

还怕什么?

### 囚　徒

很多年前，流放了自己
目的地遥远，至今无法抵达
但我已确切地在一条单行道上
义无反顾地，颠沛流离了半生

每走一步，都如约偿还一些债务
一边走，一边签发寄予万物的
谅解书
精挑细选的阳光和果实
通过固定的驿路，奔向亲人

雷电与风雨，押送我的两班差役
已和我惺惺相惜，一起患难
现在，我又尝试谅解刀刃和口舌
从身体里掏出许多坚硬的话语
给它们一一松绑
代人受过，早该恢复自由

我耐心等着另一个我，揭开隐藏的病痛

在淋漓处贴上一味

清凉的满月

### 荆　棘

扎眼。守住了生态

尖锐的警觉，让目光有疼的说辞

丛生的，或者成为隔墙

瓦解一些非分之想

所谓的披荆斩棘，只是它们

顺应丛林法则的游击之术

在新的家园，照样落地生根

手指会扯住，不速之客的记忆

别上数枚痛感深刻的徽记

让你彻底记住，这次

有绝对沟通难度的交集

但它们从不阻拦，来自天空和

土地的身影。比如

阳光、雨雪还有微小的

草籽、鸟鸣和田鼠

也乐意接受风,享受被
日月的手掌抚摸骨肉时的冷暖

在故乡,它们依然无比生动
按天时布置冷暖、荣枯
我常邀请这些乡亲,来燥热的心室茶叙
听它们说一说,关于
生和死、进与退的朴素哲学

## 死 当

潮起潮落。沙海步步为营
蔚蓝从发际线开始,标出战略退却的路径
靠抵押日渐局促的嘀嗒声,兑换回有限的淡水
整个航程,你早已沦为
忙碌穿梭、斤斤计较的商贾

大船堆砌锈迹。咳嗽的补丁
一再压深身体的吃水线
每一段航程,埋伏都在意料之中
爱与恨的暗礁,游走的疼痛
这些潜伏在深水区的
黑衣蛙人
对一场船祸蓄谋已久
以便提前坐实,你与当铺的契约

你小心翼翼,绷紧一个职业水手的操守
只选择用倒流的咸涩水滴

勉强扶正,属于中年的桅杆

期待中的渔获,斑斓的压舱石

似乎足以赎回,那些裹满包浆的

老时光

## 磨 石

烈日下,镰刀被父亲

死死按在磨石上……

汗滴,随着晃动的身影

有节奏地洒在刀刃和石头之间

太阳的光斑,在刀影中不停跳跃

父亲眯起眼,犀利的目光在锋刃上走过

镰刀在他的调教下,重新复活

一茬又一茬岁月,整齐地

倒在利刃之下

经年累月,磨石日渐消瘦

父亲在磨石上,终于

磨光了自己的棱角和脾气

他和磨石配合默契

向时间,交出了所有的锐利

钝了的镰刀,如今挂在

堆放杂物的屋子里
得空时,父亲总会在残缺的磨石上
替它除去锈迹。这个时候
他们三个,又兄弟般聚在一起
模拟着,过去的情节

### 下沉的物像

雷声归于沉寂,花叶开始谢幕
暮秋时分,山林日渐消瘦
秋天拄着拐杖,踏上蜿蜒的归隐之途
时间失去铠甲
正一寸寸经历切割之痛
光阴步步为营
节节抵抗着霜寒的凌厉

以空间换时间,这是
祖宗和泥土不谋而合的智慧
在途穷之际,他们都懂得
如何取舍,如何以退为进
如何以圣者的模样,坚守住本分
和底线。然后
蛰伏在雪线下,韬光养晦

沉默是必须的。月光

总是用自己力所能及的白

镀亮处于低谷的喘息

勇气锐减的夕阳

被山峦含在嗓子眼儿

一阵阵呛红了脸

所有的心事,都随之植入地面之下

此刻,在北方

生灵们都在勇敢地,为自身减负

刀锋向内,割舍身外之物

他们通过悲壮的凋零,开启

另一段蓄势绽放的前程

### 一夜白头的芦苇

仿佛一夜间,群居的芦苇
瞬息进入暮年。他们高士般
比肩而立,用浩荡的白发
与霜寒对话——

还有什么不能失去
还有什么不能相忘呢?
在轮回的江湖,风的手指
清晰地触动了骨头的疼痛

脱下青衫,披上蓑衣
坚硬的部分,隐回体内
把俯仰和柔软,举起来
当作周旋的盾牌
喧嚣的背后,清音袅袅
临大河而居的士子们

在苍茫的底片上

用集体沉默

为气节背书

### 沉默是金

神知道人间信自己
所以从来不敢开口
他(她)怕自己
说错话

## 夕阳情

夕阳从不慢待万物
所有匆忙奔走的生灵
都是任性的孩子

你与它背道而驰
它依然会追上来,把金黄和余热
披在你渐行渐远的背上

风能吹裂石头,却不会吹折它
执意抚摸你的目光

### 白羊岔邂逅连翘花

瞬间,眼睛点燃火焰

危崖,吐了长长的一口气

我们迫不及待,在各自体内

搜寻出久藏如铁的梅

作为馈赠

就在脚下,溪流绕过乱石

背负清唱的民谣,在霓虹闪烁的地方

着急忙慌地追赶一个又一个夜场

古木下的空屋子,终于失去耐心

放弃等待

尝试着,从孔洞和缝隙

接纳

新的房客

而我只是匆匆过客

抛下一些尘埃之后,又从尘世

攫取更多的,身外之物

暮晚迫近,云雾警惕地围拢过来
连翘加入了一座山的忧郁
在山外一条新筑的专线
她的姐妹们,正打开金黄色的年华
灿烂地,笑给别人

### 往事从指尖滑落

厚云笼罩了周身,两只手臂
是交换气息的缝隙
手指呼应了佛的法印
给天地预留了沟通余地

无数次伸出双手
从祖先栖息的地方
索取空气、光线和饮用的清泉
习惯收回华丽的谷穗和果实
放任那些干瘪的,自然坠落尘埃
习惯于足不沾泥,食不厌精
狼群保持了祖先的本色
我们却称呼它们:野兽?

山的心已经被掏得差不多了
土地也虚弱地喘息
债务到期,归还的时刻

囊中空空如也的我们
是否，只能以十指作笔
蘸着仅存的几滴泪水
替一个年代，悔过？

## 雷 电

一个词,震耳欲聋
另一个词,负责擦亮眼睛
一次次撕裂身体
用近乎自虐的燃烧
证明乌云结成的联盟,并非
牢不可破,暗夜并非一块铁板
它倾尽全力撬开天空
释放出呐喊和哭泣

梦幻般的生命中
有多少个沉闷的日子
等待着一场酣畅阵痛
撕破口子
为习惯性的僵局
指点出路

书桌前,眼睛和几行密不透风的

文字，又陷入对峙

迷途中，谁会是叫醒你的呐喊？

谁又会是我，涅槃飞翔的火焰？

### 沙 子

眼里容不下的
却赖在心窝里不走
心太软,埋下病根

一粒,又一粒……
如法炮制。挤进来
躲避风暴的追杀

如今,它们渐成气候
把绿色,一步步逼出体外

当世界起了风
心慌气短,我竟似
有病的人

## 暮秋之山

深秋的山峦,似乎变得笨拙木讷
它们放低身段,收回耀眼与喧哗
接近于尘世隐去机锋的智者

此时,面对朝拜者的倾诉
群峰充满倾听的耐心
但也仅至于此。沉默不语的背后
足够辽阔的纵深,让爬山人
吐尽块垒

沉默寡言的布道者啊
用有分量的果实和分明的色彩
给人间一个直截了当的交代
一切结局,都由舌尖含蓄委婉地说出
深浅不一的酸,或者甜

瘦下去的武帝山
接纳了人间所有的负面情绪
让每一个归来者，心无旁骛

## 听　雪

晚来风急，持续已久的大雪
顺势遁入空蒙
暂时避开了白昼的锐利
从另一条暗道，迂回切入灵魂和肉体

它正在向枕上试探，踩着
如波浪起伏不定的睡着的钢丝
但耳朵始终无法捕捉
它一定是脱下了厚重的靴子
踮起脚，蹑手蹑脚
像当年在老师窗下悄悄溜走
躲避考试的那个少年
春风十里，他雀跃着攀爬、跋涉、腾挪
甚至挥霍……

好梦不长，总是略短于朦胧的春光
当时钟在听觉之外，使劲呐喊

在梳妆的镜子里,我终于发现了

雪昨夜来过的痕迹

它似乎是用潦草的毛笔

在鬓角描了几幅花白俏皮的涂鸦

惊恐恍惚之际,镜里有少年

在雾气中闪身而过

而我慌乱中抓住的一袭青衫

竟是中年的披挂

## 野　猫


那时候，老人们常常用

野猫，吓唬喊闹的孩子

用模仿的"喵——喵——"声

止住无休止的哭泣


那时候，野猫

是后院墙上的常客

它们飞檐走壁，捕鼠之外

阴冷的目光在觅食的鸡崽身上

飘移不定

矮小的我，用充过气的胆量

和狭路相逢的它，对峙

我们的体内，都被

无限强大的饥饿攻陷


如今，我和它

早已握手言和

我们各居柔软沙发的一端
仿佛守着日子的两头
惬意地分享着光线和温暖
它温文尔雅，倦怠松懈
我戴着老花镜，正疾行在
一本新买的诗集里
在字里行间，我正被另一种饥饿
紧紧追赶

## 下半场

绚烂过的,有果实承诺
嫩绿过的,有花期接续
这些,都是可预期的未来
在跋涉了一段时日以后
也许,我会更钟情于那些
尚带着未知之谜的等待
比如说

我们为一场宏大的叙事
拟好了简洁而充满张力的序言
为一场即将盛大登场的喷薄
在爱意涌动的心扉上,提笔落墨
打开一扇临海的窗子,把想要的一切,拉进来……
那么,我确信

一切都将是耀眼的。即使鬓发

很快有了霜色,不过是朝霞

挂在向晚的天空

为时光,赶写一篇倒叙的美文

### 傍晚的三种事物

山峦，接纳了夕阳
疲惫的翅膀滑向巢穴
还有多少事物，和我一样
陷入迷茫
始终找不到突围的缺口

相较于善变爱折腾的人类
山川自然，更懂得守恒的古理
适时进入幽静。甘心被拒之门外的
包括我，和那些炫目的霓虹

星星，不停摆弄自己的灯盏
夜风，放缓了粗重的呼吸
身不由己的灵魂，在昼和夜
交会的混乱之际
再次为自己，挤出一条缝隙
如一条缺氧的鱼，划破水面

### 廊 架

拿起锤子,就是木匠
在松动的部位
把一枚枚钢钉敲进木头
如同把一个个刚性的词语
植入行将散架的四肢
铁和木互相苦苦相逼之际
廊架再次站稳了立场

防腐木构造的廊架
每年都缀满耀眼的果实
期盼和赞美始终萦绕于身
它和我一样
没有金刚不腐之体
多年的寒霜雨雪、牵扯攀拉过后
已明显露出疲惫苍颜

每一次敲打,相等的力量

又反馈于我
像无形的钉子植入肌骨
让松散酸痛之躯
努力地站出，该有的身姿

## 独 白

如果是一棵树
我愿与你葳蕤成林
炎夏同顶烈日
隆冬共抗冰寒

如果是一滴水
我愿与你汇涓成溪
手拉手穿林越涧
心贴心走向终点

如果是一抔土
我愿与你相拥成田
给绿色一片沃野
给种子万千希冀

如果只是一片云
我也要邀风为媒

与你缱绻共舞

不惧雷鸣电闪

哪怕大雨倾盆

### 理发记

——大哥的头发这么黑
真不容易啊!


理发师独辟蹊径,避实就虚
终于从另一个角度
为自己的赞美
找到了突破口


近年发丝日渐稀疏
心情也由最初的沮丧懊恼
变得释然淡定
是啊!面对糟糕的局面
何不学学理发师的智慧
在人生万般无奈的囧途中
找到令自己欣慰的

另一处亮点

这时,你离至善
已越来越近

## 铠　甲

虽未经名匠之手量身打造
半生磨合，已日渐贴心
久了，成为筋骨
和血肉紧扣
动一下，痛
刻骨

一些艳色和烟尘，多次迂回
试图突破，都碰了壁
许多的鸟鸣和光线
携着爱的诗句和花朵
按照约定，总能如期而至
在体内，布置一场雅集

在多霾的中年，奋力疾行
无需仗剑，无需李白的五花马
仅这身披挂

隐约，已弥漫豪气
足以抵御
山中猛虎，林中暗箭

### 盛夏午后

天空,释放了
所有的蓝
翩翩少年,钟情诗
蓝色里
提笔描帆

穿堂风,捎带倦意
像藤蔓爬过来。直到
闹钟再一次提醒,把他
从灰色中,一把拉起

一块橡皮泥,被小女儿
捏来捏去,捏成了
好脾气

逆来顺受的中年啊,无法逃遁
一次踉跄,就让你彻底缴械

## 伤疤与眼睛

一棵棵白杨树

周身布满一道道醒目的疤痕

有的来自刀斧

有的来自牙齿

有的来自成长的取舍

谈不上美或者丑

每一道

都是不可谢却的岁月馈赠

只是疼痛感已经被时光

稀释得接近于忽略

一部分痛,触及灵魂

为了避免好了伤疤忘了疼

白杨树,没有试图掩盖或者遗忘

它们把每一处或大或小

或深或浅的伤口

长成了一只只

懂事的眼睛

## 雨过盛夏

疾驰的马蹄
先从体内开始敲打酷热
雨水由内而外，次第落下
把尘埃自人间惊起
又以别样的方式归还给土地
一场挟雷裹电的交响
在震颤大地的轰鸣中启幕
又在彩虹高挂的清新里
云淡风轻地收场
沉重的雨水，如同忧虑的你我
从过沉的包袱里抖落多余的行装
又顺便装进一些新鲜的东西
丢下独自善后的清凉
安抚着惊魂未定的万物

此刻，过火的情感收敛了烈焰
一些事物，被撕开口子

一些事物,趁机潜滋暗长

还有一些事物,等待着

重新梳理、整合或者彻底放弃

雨过盛夏,就像壮年的一次寻常洗礼

词语,逐一归位

脚步,重新启程

## 昼与夜

互为反对派
但它们从不为敌

不停地拔出对方体内的荆棘,和
一切为美所不容的事物

它们向来不为反对而反对
只是在温和的否定中
为对方加分

## 淘　洗

穷极一生，一个动作

总在机械地重复

苍穹下，爬满掘金者低矮的身影

他们赎罪般虔诚，把汗滴

砸向沉重的未来

他们赞美黄金，他们又

无数次口干舌燥地，诵读着黄沙

天空在头颅之上，表情意味深长

他们模拟羔羊，用反复的咀嚼

理解经意深奥的草场

他们模拟桑蚕，研习从粗糙向柔软过渡的技艺

他们模拟叶子，通过凋零丈量远方到故土的距离

身体里的大水，漂泊不定

一滴水在汗水和泪水的反复切换中，走完自己

以水为镜，可以照亮前程

暖色，沉淀在低谷之外的低谷

## 骨头在月光下拔节

月光下,骨头纯粹坦诚
从白昼撤下来,夜色
及时撑起了疗伤的帐篷

就像是拆开一部机器
给磨损的部件,涂满润滑的油脂
拧干多余的水分,拔掉新冒出的尖刺
这是个细致又繁杂的保养过程
顺便卸下满身的疲惫和疼痛
天明时,又把它们一一复位

重生的骨头,顶天立地
阳光在影子里
发现了它,新生的高度

### 清明前夜微雨

这些雨，分明是水中的穷人
拿出这些，他们已倾尽囊中所有
他们为自己的小小善意羞涩不已
带着歉意，蹑手蹑脚绕过耳朵

早起时，眼帘依然湿润
我学着夜雨的样子，轻轻关门走下楼梯
我要把这小小的善意传递出去
让晚睡的万物，把好梦做完

因这轻轻的脚步，我的心情不再过分沉重
祭扫路上，迎春花捧出了黄金般的芬芳

## 纸上的光

墨色君临之前

纸面苍白

一无所有的脸色

浮现出尘世的无力

雪落入人间

虚无掩盖了所有起伏和辽阔

那有形的光

只是辩证法中的一面之词

云朵后蛰伏的文字

等待着成熟的雨水滑落

清露抖动曙光的时刻

微风追着绿色蔓延

思想的坚喙

力透纸背

无形的翅膀

坚定地推开桌面的阻力

随日月升腾

烈焰在纸上
叮叮咚咚
锻打钢铁

## 填　空

光线滑落了，黑暗
会漫上来
温暖散去了，寒冷
会围上来
绿色干枯了，荒芜
会长出来
嗓子喑哑了，赞歌
会亮起来

在不断老去的路上
人类不停地修修补补
不断地替虚空找到替补
当行囊空无一物时
就把自己
填上去
替光阴，打个结实的补丁

## 山　中

处山中，却非山人
流水似的身影，总是贪婪
静幽下的味与色
眼睛和口舌追寻着欲望
饕餮之后，留下排泄物给山林和溪流
独自面对
让山，好久也咽不下这口气

科技，用力量把大山细心关照
但也只是适度地叨扰，懂得适可而止
山中的神仙，好静
千年造化的修行，不可打断
每一株树、一丛竹、一滴水、一朵云……
都是制造奇迹的高手

沉稳、大气、包容而丰富
山是名副其实的仁者

我们这不经意的过客
一程旅途结束，又急切地描摹下一程的攻略
离开大山，行囊里塞满了朴实的馈赠
这些都是山的善意

走出了山，山还是山
仰望，已不足以看清它的眉眼
那就点燃心头的一炷香，让崇敬
袅袅升腾
幻成为云朵，向山降下
感恩致谢的雨水

## 空椅子

其一

仿佛大宅里的神龛
这把椅子,供奉着
祖先温暖的灵魂
光阴的包浆,缓慢而祥和
一只鸽子驻足椅背
翅膀拍响光芒

有些记忆,深刻生动
椅子的高度,决定发力的深浅
或扶或依或坐,精准而确切
德字辈,轩字辈,红字辈……
以椅子为阶梯,纷纷跃出族谱

铁打的椅子,流水的血脉
长情不老的时间

在松弛了的榫卯间，吱呀慨叹
看清一把椅子，是一段
由近及远又由远及近的旅程
跋涉中，完成心中的铺陈和抒写

面对一把慈颜的椅子
往往有一股暖热的冲动
但却常常骨鲠在喉，只能借助眼睛
吐出肝胆

其二

留守的院子老了，光阴
从破旧的墙皮上，一寸寸滑落
一把包浆斑驳的椅子
陷在堂屋檐下的空旷里
光线斜着投下来，椅子安详

和断断续续的咳嗽声

休戚与共

一根拐杖,精准计算出

从椅子到餐桌的距离

那实际也是从生到死的距离

不长不短,刚好容得下呼吸

倔强的拐杖,像省略号

断断续续,提前走在来世的路上

如今院子是真的空了

空了的,还有

日渐消瘦的椅子

阳光结结实实,和灰尘

一起散落在椅子喘息的缝隙里

足以湮没,一把椅子的

前世今生

## 尘世的纠结

被自己的谎言
一次次划伤
又被自己的善念
一次次救赎
复杂善变的尘世
肢体陷得很深很深
与世俗歃血为盟
称兄道弟
心却总在夜晚
不由自主地滴血

感谢还有疼痛
让良知在道德的底线前
惊醒止步

## 奇　迹

我看见了——
一滴泪，在稿纸上泛起波澜
一尾鱼，在池塘里用尾鳍模仿风帆
只要爱情降临
荒芜退却，花草在冰原间舞蹈
众妙之门——打开
任何一条路，都指向罗马
一朵葵花释放出一万朵太阳
久困田野的稻草人
借助风的手指，讲出人间的童话

## 旁观者

有些时候,嘴
做了心的旁观者
吐出的词语
心惊,心疼

有些时候,心
也做了眼的旁观者
让眼熟视无睹,触目
而心不惊

更多的是,我们
做了世道的旁观者
从漠视一滴水开始
直至被黑洞般的冷眼
淹没呼吸

### 棋 摊

七嘴八舌,似乎都
运筹帷幄
战火,先在棋盘外迅速点燃

对垒冲锋的战马
在楚河汉界前陷入迷茫的泥沼
进退失据,举棋不定
矛盾的命令来自驭手之外
像密集的箭镞,射落方向

逃出棋局的马
已无心恋战,狼狈不堪
身后,唇枪舌剑仍在交锋
一局好棋,在旁观者的喋喋不休中
溃不成军

## 安 慰

会好起来的——

这句使用了无数次的
安慰语
也被日子折磨得
有气无力

我用一剂假药
再次欺骗了
一个深陷病榻的人

## 光　阴

日升月落

日子一寸寸瘦下去

时间在年轮之间重叠

叶子飘向来世

一声叹息

贯穿一个轮回


反复冲泡的一杯茶

坐在午后的光里

茶叶和水

肝胆相照

一切清澈见底

像身体越来越透明

只待一阵微雨落下来

带走尘埃


夕阳

总是如期从院墙外

爬过来

拽着人间的影子

一点点拉紧

直至影子断裂

夜就漫上了光的堤岸

第二辑

# 赤子情怀

## 故乡在村庄的背面

扑面而来的村庄

背面

故乡坐在一把咿呀的

老竹椅上

用一簇烛火

照亮荒芜

陌生的亲人们

在敞亮的另一面

安营扎寨

无需额外的粉饰

素颜的故乡

把乡音之内的质地

自然裸露在风雨里

那些写意的植物

以饱满的穗头

宣示着土地持久的激情
未名的草木
用绿或枯
为存在做着注解

如同一座山的两张面孔
村庄坐在向阳的南面
故乡靠在温润的北面
南面在眼睛里
北面在乡愁里

### 我是父亲捧在手心的一个谦辞

乡下寄来的土特产

蜷缩在厨房的一个角落

它们谦卑而安静,耐心地等待

我在闲暇的时候

用温暖的方言,把它们

——唤醒

我在城里算是扎下了根

这是父亲最大的门面

面对邻里的夸许,父亲总会

用一个体面的谦辞

礼貌又不失分寸地应对

其实那是他人生得意的高光时刻

另外一些表情达意的东西

被他刻意过滤后

始终没有迈出喉咙的门槛

仿佛他这一生
就是为了那些谦辞在活着


父亲劳碌不停，日渐接近自己伺候了
一辈子的土地
他把曾经强壮无比的身躯
最终弯成了一张大弓
而我，则是他奋力向山外射出的
唯一一支鸣镝

### 爷爷的茶

简陋的火盆里

柴火忽明忽灭

一壶

比日子还苦还涩的茶

被爷爷反复

煎熬


爷爷身患顽疾

那个年代

又缺医少药

无奈之下

爷爷常常用味蕾上的麻木

冲淡来自病痛的折磨


一杯苦涩的茶

一杯总是把童年

绊一个趔趄的茶

一杯爷爷颤抖着双手

反复煎熬的茶……

在心里藏一块纯粹的铁

### 麦浪，从布谷鸟的叫声中唤醒镰刀

甘愿引颈就戮，是麦子的哲学
一种成熟
必须在黄土的祭台
通过割礼，得到确认

布谷鸟，世袭的祭司
一遍遍从心窝捧出献词
通过祖先的昭示之语
为古老的镰刀招魂

为钢铁召回丢失的锋利
为故乡召回，魂魄与热血

### 祖母与纺车

纺车,祖母的功名
纺线,则是她一生的仕途

她把日子捻成长长的棉线
一头缠住太阳,另一头牵住月亮
被礼教的长索缠了又缠的小脚
在日与月之间,重复丈量着
寒暑的广度与深度
纺车的轮子,仿佛她心中的经轮
再凌乱的棉絮,被她抚摸过后
便有了章法

从指尖到线锭,她指教着棉花
如何收拢心事,如何
把所有柔软和温暖,专注地凝成一条心
在她看来,纺线似打坐参禅

纺车的嗡嗡声,如轻诵的经文
使一池春水,波澜不惊

祥和柔软的纺车声,可以稀释浓重的夜色
让一朵待放的花蕾,安然入睡

### 佛 光

一场重疾后,母亲
离不开了轮椅
时间在她的生物钟里
忽然放慢了节奏
两大两小的四只车轮
成为她深入生活的腿和脚

每日晨昏,照例要推着她
来到公园的小广场
鸽子在她的目光中散步、觅食
她偶尔也会在枝头搜寻
一两声醒目的鸟鸣。那都是瞬间
多数时间她就静静地盯着眼前的我
盯着她信赖的拐杖

广场舞提神,热情

在心里藏一块纯粹的铁

她会在波浪似的旋律中
带着微笑小憩
口水顺着嘴角流下来
像是做着梦的孩子

早上，新鲜的太阳从轮椅后
一步一步爬升
暮晚时分，夕照又从轮椅后
一寸一寸滑落
母亲始终坐在光照的核心
仿佛光，因她而起，又
自她而落

### 养蜂人

从花到蜜,隔着一段
陡峭的时空
一程风,一程雨
筑起重重关山
这些意外的加持,让蜜
无形中加深了成色

整日与花为伍,追香逐艳
混迹于脂粉队伍里
他们似乎成了好色之徒
低矮简陋的临时帐篷
和蜂箱并排而列,像是大号的蜂箱
他们跟着工蜂的节奏,钻进钻出
成为另一种工蜂
夜色里,浓稠芬芳的蜜
让清白的月光,也有了甜味

养蜂人都拥有一颗

蜜汁般的心

月亮施过釉之后

最后又被太阳定了妆

有时为了捍卫来之不易的蜜

他们也会学着蜜蜂的样子

从心头引出一根小小的刺

给掠夺者，尖锐的警告

## 送 行

——她是一个好人
邻居们抹着泪
一遍遍重复着这句话
对路人,又像是对自己

寂寞好久的村庄
一下子挤满了久违的问候声
没有告别仪式
也没有韵脚合辙的祭文
甚至连风也逐渐接受现实
停止了呜咽

她是一个苦命的人
墓冢前空落落的
她用一生的苦难和劳作
终于为自己积攒了两个字的遗产——
"口碑"

## 老锄头

试图让一件老物什返青
显然是笨拙的思路
比如那把迟暮的老锄头
身体开裂,面容暗淡
锋刃迟钝……
像极了使唤过它大半生的那个人

它依然在尽力地,扮演
一个不服老的角色
使荒芜不至于蔓延得肆无忌惮
在敲打泥土的同时,尽其所能避免伤及无辜
但有时候,它真的无法准确分辨出禾苗和杂草
高度相似的长相,足以迷惑夕阳下的审视

直至某一天,它解甲归田

被一个人长期收回体内

在另一个方寸间,剔除不断滋生的

黑色藤蔓

# 向日葵

趋光,逐水——
祖先谆谆教诲
采撷黄金的人
向泥土伸出手臂
绿风催动叶片,金沙
窸窸窣窣摩擦

绵延的爱,举起遍野的太阳
一如先祖的品性
钟情于纯粹的色彩
鄙视冷漠的黑,和不清不白的灰
芳香的油脂,安抚了日子
吱吱作响的轴承

故土,十年九旱
负重的它们,把根须向远方的远方

一再延伸

伸向钢筋水泥的丛林

伸向摩天大厦的阳台

伸进超市、快递站、垃圾处理厂……

在霓虹灯眩晕的色谱里，搜寻贵金属

用农业的复眼，锁住来自周遭的光和水

深夜里，来自陌生窗口的灯火

总让这些追光的脸庞，心生向往


老家，庭院郁郁寡欢

留守的一株或两株苍老葵花

习惯性地，向太阳甚至星月抓取光亮

用零星积攒的暖色，为游子

点亮归途

## 暖 冬

风轰鸣危言,试图制造断崖
十万种事物,如履薄冰
逃离熔岩般的火,手捧着
劫后余生的秋天
真惧怕,否定一切的
反正

只有母亲,不疾不徐
按照心意,替爱又一次掖实棉被
她已习惯来自天空和人间的赋予
无法揽进怀抱的,就默默藏进心里
她相信雪花的仁慈
冬小麦和枯草依偎在一起
悄悄在指尖把着九九的心跳

一些部首,始终充当中流砥柱

有些人把语言紧紧抱在怀里
燧石，一次次擦出火星
飘雪的理由，千丝万缕
众多生灵，选择了和命运握手

需要适宜的冰，给额头降温
更要提防不怀好意的冷，截停
赶往春日的啼鸣

## 探 乡

父母又一次推迟了
进城过冬的计划
理由是,天气尚暖,再缓些日子
而现在,是入冬后的第二个周末

每次离开,总像一次艰难的迁徙
包袱越来越重,越来越多
那些花草,那些虫鱼
那些碧绿的蔬菜、虚实有度的
光线或者时而高亢时而忧郁的鸟鸣……
似乎我要迫切接走的
仅仅是他们被掏空的沧桑肉身

那条原生的脐带,从未真正剪断
稍微一拉,就牵动肝肠
他们的固执,让思乡有了

确切的依据
我始终不敢设想另一种场景
芦苇、酸枣刺、狗尾巴草……
宽厚的水面上，蜻蜓的
每一次触碰，都意味深长
故乡像一枚被月光包裹的果实
嚼着嚼着，就有了甜度
某种情绪，就会快速地泛滥

## 陪 伴

两条黝黑的钢轨
睡在荒芜的草丛中
它们在视线尽头交织到一起
锈迹,把目光和春风隔开
曾经高亢的汽笛
被光阴一寸寸瓦解

隔路不远处,老宅
掩映在斑驳的秋色里
屋子只剩下空壳
鸽子和麻雀,欢快地
安家,过着它们向往的日子

就在远方热闹的市区
一个佝偻的身影,不时凭窗观望
这是一个周末的上午

高处阳光晴好。书桌上
熟悉的一个"家"字
却怎么也写不好……
总担心,错过了门禁系统
呼叫的铃声

## 思　念

听说，如果默念一万遍
那句让天地神动容的魔咒
你就会如期而至
但在九千九百九十九遍之后
我选择了沉默……

我害怕，你真的如期而至
我却紧张得捧不出
在心里培育了许久的
那束玫瑰！

## 暮　晚

夕阳的体面，父亲

正使劲用双手维护着

枯枝般的栅栏，试图挡住

吞金的怪兽

现在，生动的事物

纷纷站到了他的对立面

疾病和衰老，伴随左右

显示出他，并非孤家寡人


气喘吁吁的善良老者

一步步弄丢了自己羸弱的太阳

时间的冲线带，在终点闪着光标

他欣然接受一轮满月的照耀

替最后的前程，镀上饱满的锦绣


在故乡的方向，我无疑是

那个最温暖耀眼的星体

借助自己的梯子，尽量挂在高处

尽管在某一天，我也终将失去

另一轮模样相似的

太阳

## 父 亲

一个正面望去
表情略显冷峻的
词语
偶尔会显露出
温润的内核

但那只是短暂的瞬间
那是这个词语的另一面
在不断成长的轨迹里
这两个表情严厉的汉字
始终校正着前行的坐标
以及攀登的高度

透过坚硬的外壳
我们感受到燃烧的渴望
他用一生

不断丰富着

诸如脊梁和担当的内涵

以至于长大后

我又自然而然地

成长为

这个为爱遮风挡雨的

形象

## 加一点的幸福

记忆中,童年的舌尖
总缺少一颗黑乎乎的糖果
如果在饥饿干瘪的衣兜里
能多出一颗糖果
我会拥有眩晕般的幸福

跋涉的长河中
每一步都体会着这种快意
一阵凉爽的轻风
一股悄然而至的问候
一串忽远忽近的鸟鸣
一次满是期待的邂逅

而现在,我会感动于
如期而至的每一分时光
一份黎明之后,还有
下一轮日出

### 武帝山下的红苹果

秋色正隆,每一个苹果

都熬出了之前潜滋暗长的静默

它们纷纷进入抒情状态

如北方时空中一枚枚灵动的词语

在武帝山向阳的坡地

抒写一个丰满醇厚的文本

它们有时候是活跃的动词

有时又是酸甜可口的形容词

一双双粗糙的手掌和果实频频互动

那是从劳动不停地走向光鲜的必由之路

它们借助地面铺设的反光膜

勤奋地收集北纬 35.23 度的可口阳光和

独特地理蕴藏的雨露

科技赋能加持下的时代之果

深知稼穑之苦,每一滴汗水都不可辜负

它们仔细地剔除体内苦涩的成分
把适宜的甜一把把拉进怀里
把最亮的红涂满脸庞、胸膛和背脊

这些甜，会让整个村庄绽开笑脸
人们品尝甜蜜之后又开始分割甜蜜
一些运出山外
一些赠予乡亲
还有一些寄给四海漂泊的亲人
这些幸福的红苹果
甘甜而纯粹
正如那些整日相伴的人

山上香烟缭绕
山脚祥云笼罩
神仙亏欠人间的东西

被山下一园子红彤彤的苹果

爽快地捧了出来

但人们依然习惯性地慨叹

风调雨顺,多亏了老天爷的保佑

## 爬山人

每一个爬山人
都拥有居高临下之心
但一迈步,又不得不用身姿
写出谦恭之态

登高一步,身后的羁绊就远离三分
仿佛草木可以静心,云朵
亦能洗面
征服一个高度
先从抚平自身的呼吸和心跳开始

脚踏高地,庸碌之人
也有了远眺的眼目
和一棵被雷电击残的古木比肩
始知高处不胜寒
绝非妄语

恍惚间，猛然醒悟
这不起眼的绵延粗犷脊梁
祖先和我靠山吃山，已一起
依靠了千年

所谓神仙
只是替大山应了个名分
人们心里真正敬拜的
其实还是这厚重沉默的山峦

### 油菜花和姐姐

仔细地剔除苦涩和艰辛

收集阳光中芬芳的味道

这个细致的过程,油菜花从未感到孤单乏味

从草稿开始,就是成熟的色彩

蜜蜂们陪着忙碌,分享一些甜蜜

姐姐深入花海中,把杂草一棵棵拔掉

像是拔掉所有和美作对的事物


寒来暑往,油菜花年年那么亮丽

细腻的油脂沿着姐姐的手指

漫延渗透到日子的嘴角和眼帘

她的身子逐渐矮下去,无限接近油菜花的脸庞

离土地的胸膛,越来越近


故乡盛大的春天,春潮汹涌宽阔

繁忙的油菜花,在姐姐眼里

摇曳成了无边无际的玫瑰

她把爱的光亮，通过油菜花瓣

一遍一遍地涂抹在亲人

幸福的眸子里

### 南关市场早市

如今，酒香也怕巷子深
此起彼伏的吆喝声，为探寻的脚步
注入前行的信心
市场总是先于晨曦醒来
在日出前，张罗好门面
萝卜青菜们，挂着透亮的露水
展示出最好的自己

一堆土豆，风尘仆仆
来不及清洗满身的泥土
其实我们都有相似的出身
都来自乡下的
某一片土壤
我甚至相信，它们能听懂我说的方言
只是，我早已换上了城市的行头
干净的鞋底，把泥土隔开

现在，我把它们一颗一颗捡进口袋

这个过程，庄严而凝重

像是拾起遗失的自己

## 关中的麦子熟了

关中的麦子又熟了

它们把成熟用近乎土地的颜色

直截了当地写在脸上

被太阳暖透的万般爱恋

深藏内心

洁白如雪

面对随风轻摆的麦浪

我的喜悦掩饰不了愧疚

这是面对所有麦子的愧疚

当它们在村外的天地间舒展腰身

翘首以盼

我在异乡的土地上

正笨拙地嫁接着蹩脚的诗句

它们是我的兄弟

小时候,天蓝得有点顽皮

在母亲怜爱的目光中

我们一起摇头晃脑,体验成长

后来出于对理想的不同理解

我选择了无尽的漂泊

而它们决绝地选择了在故土坚守

用清风的画笔

把青涩一笔笔涂抹成金黄


哦,金黄

这让人怦然心动的色彩

这和我的肤色同属一个色系的光芒

闪耀在故乡五月的黎明和黄昏

麦子们脚踏实地

围绕村庄

走出了比我更长更丰满的履历

在干瘪的行囊里反复摸索
我始终找不出一句
堪与麦穗比对成色的诗句
只有清晰的饥饿感潮汐般涌来
催促我俯下僵硬的腰身
把这些恋旧的童年伙伴
兄弟般重新拥入胸怀

## 青涩的麦穗

那年,父亲送我外出求学

我们在村头的麦田边

不约而同地停下脚步

父亲摘下一根麦穗

在粗糙的掌心里搓了搓

然后吹去麦壳,拣出麦粒

一粒一粒送进嘴里

嚼得有滋有味

面对可预期的丰收

父亲不露声色

可喜悦还是清晰地写在他

欣慰的眼神里

我也如同一株正在成长的麦子

让他,充满期待

多少年过去了
我依然青涩无比
并没有如他所愿
向他捧出沉甸甸的收获
我充其量只是一颗粗糙的砾石
远不够圆润，也不太光滑
我仍保持着尖锐的棱角
常常刺穿形形色色的面具
刺痛习以为常的人情与世故

刀刃一样的棱角啊
有时也会划伤自己
让我伤痕累累
让我突兀尖锐
但我仍然要感谢这种疼痛
让我对人间的冷暖

依然保持着准确无误的感知
也让我知道了
自己还清醒地活在世上

### 花盆中的麦苗

节令到了，它依然
无精打采，提不起精神
乡下的伙伴们正忙着
拔节抽穗，扬花灌浆
它困守在阳台上，偶尔抬头
隔着玻璃窗和防盗网
与太阳对望

客厅茶几的烟灰缸里
长短不一的烟头，堆成了
小山的模样
他在沙发和花盆间
反复地用脚丈量寂寞

女儿在百里之外打拼
周末携家带口，回来一次

无聊时,他在日历上
把每个节日和周末
全部用红色标记出来,一遍遍
如数家珍

望着阳台上闷闷不乐
而日渐消瘦的麦苗
他苦思良久,终于鼓起勇气
用女儿不久前教会的手写输入法,给女儿
发了一条在心里憋了许久的信息:

我想带着那两盆"花",回乡下老家……

## 蛙　鸣

一粒粒饱满沉思的种子，在适宜的季候
从听觉的土壤，长出歌声
花朵般灿烂的歌喉，带着方言潮涌而来
冲淡夜色，擦亮星辰，溢满沟渠及池塘
这群小可爱的天籁
有持久的穿透力，跨越从
故乡到城市的漫长
沁润枕席

蛙鸣，如今已是奢侈的乡音
在夏夜，在似醒非醒的边缘
蛙鸣似轻舟，载着酷暑难耐的乡愁
其中，掺和了属于游子的一个声部
思念，便被这此起彼伏的和声
摩擦得清明透亮，古色古香

蛙鸣是一个引子，使寻根有了确切的正文
一再替我消除漂泊的惶恐和余生的无助与孤独

在心里藏一块纯粹的铁

# 影　子

暮色垂笼

万物和我的影子

被悉数擦去

像当年慢慢擦去

祖母摇晃的

身影———

太阳总是从巷道的东面

进入村庄

又从巷道的西面

走出去

小脚的祖母

在不长也不太宽的巷子里

跟着太阳的影子

忙碌了一生

村子西边不远处

祖母的坟茔

早已芳草萋萋

落日每天照例走过去

余晖

从土堆的背面漫过来——

空气中

弥漫着想念

## 千佛洞感怀

身居峰巅，和世俗拉开距离
巨大的落差，造成足够宏大的视野
足以看清人间的善恶、贵贱以及
繁华和落魄

时光的手指，可以给万物
蒙上面纱，也可以是尘埃
这一点，佛也概莫能外
但这绝非信仰的失败
这是佛的坦然，更是自然的章法

出于管理的便捷，看护人
用一把大锁
生硬地隔开了朝拜者
问题是，能锁住的还是佛吗？
锁具最多会捆住人间
向善的目光

### 中心广场上玩牌的老人

透过老花镜,不停地
整理着手中的纸牌
像打理着所剩无几的时光
每一张,都弥足珍贵

沉陷在闹市之中
尘世之音,已充耳不闻
手中的牌好牌坏,也不重要了
支配好仅有的这点自由
让黄昏,从容地降临

每天这个时辰,中心广场
就迎来了自己的辉煌
一半来自白发
一半来自夕阳

## 醅 面

写下这个名字,故乡就又近了一些
洽川的山水,在眼帘中灵动活泛起来
一碗朴素如亲人的面食
牵动着味蕾多愁善感的神经
此刻,身陷人间烟火
醇厚浓酽的呼唤
滚过舌尖

源于渭北高原的纯朴秉性
实诚的小麦和多情的荞麦
在一张大铁鏊的婚床上
完成了完美的融合
像太阳的热烈拥抱月光的纯净
酝酿出抵抗岁月侵蚀的铠甲
每每在济世的路口
搀扶起苍白和贫血

不事奢华，低调示人
这一点像极了古莘老家的乡亲
从穷街陋巷到华灿厅堂
穿越了两千年的漫漫时光
青春不老的踅面
又岂止是聊以果腹的单纯食物
它分明是一味配方简约的疗疾中药
对症日渐浮躁挑剔的肠胃
慰藉各种水土不服的乡愁

注：踅面是陕西合阳独有的传统特色面食，相传已有两千多年的历史，以小麦和荞麦为制作原料，2018年被列入陕西省第六批非物质文化遗产名录。

第三辑

物我相惜

### 四月的内心独白

请允许我,以沧桑返青之身
借用旧词,替四月说说新鲜

清明通过柳枝,打开通感的修辞
长亭和短亭互相张望
掺杂着祖屋拗口的日常
血脉的天空涌动阴晴圆缺
雨滴一再阻断归程,无法抵挡
每一个踏青祭拜者
早已泛滥决堤的流水

铁打的春天,桃花成为隐喻
握住明亮部分,绿意沉湎拔节,推陈出新
燕子有飞翔之轻,行者揣怀乡之重
滞留异乡的人,仍然扮演生旦净丑
回忆录携手序言

推敲一句各自安好的落笔

重要的是,种子在人间再次站稳脚跟
青山意思浅显,溪水的胸脯饱满过昨夕
田野里,小兽携着春梦出没
太阳一跳再跳,万物奔跑着捕捉黄金
那些手持音符的人,脚踝深入禾苗深处
无疑,这将会成为满篇春天
强烈抒情的,高音

### 我是一株迎春花

乍暖还寒
斗胆探望春天
世俗记住了我的模样
他们凭经验知道
我若无恙
后面定然是，春风十里

我只是一株
微小的迎春花
没有遒劲的枝干
也不奢望乔木的伟岸
我无法在盛夏或者金秋
同百花争艳

出身泥土
我紧紧地依偎着大地

这是履历表上唯一暖心的背景
庆幸还有青春和花季
值得留恋
值得回忆

感谢生活
让我这般卑微的生命
拥有绽放的权利

### 我是一棵树的影子

从小到大,父母为它
修枝剪叶,旱季还要不停地浇水
替它消除病虫的侵害

如同亲人,用乳汁和美好的愿望
把它推向更高的空间
然后,眼看着它的世界
离他们越来越远,心满意足

我就是一棵树的影子
树冠愈大,离根的距离就愈来愈远
以至于他们,偶尔分享我随风摇曳的欢乐
也不得不艰难地抬起
沉重的头颅,用昏花的目光
寄出怜爱和牵挂

## 丹顶鹤

不是冒险的淘金者

飞翔,也绝不是流浪和放逐

故乡和异乡在翅膀上

反复交替、牵扯、疼痛

每一次都是奔赴

这将背负一生的宿命

啼鸣高亢

和晨曦中的露水

持守古老的清澈度

自然舞练习者,不担心和寡

调子一直起得很高

但仍有仰慕者气喘吁吁

攀越奇崛、陡峭、泥泞

在竹林深处,或苍松翠影下

从瘦硬的肋骨间

弹出风声，和白云

至于那个焚琴煮鹤的人
在世界的心尖上，用词语
植入利刃之后
就被钉死在耻辱柱上
人们开始用它们头顶醒目的鲜红
重新校正，爱的准星

在人间
爱惜洁白羽毛的人，走在一起
他们把生命压缩成橡皮
替尘世，不厌其烦地擦去
一个又一个
错误

### 洽川湿地写意

龙门之下——

时空辽阔，旋律舒缓

夏阳古渡，千年古风弹奏着

生前身后的曲子

天空陷落人间，黄河鲤跟着白云流浪

打碎的镜面，放飞沐浴完毕的羽翼

梦想中的水分，被倾泻而下的金色光线滤干

黄土塬湿润了脸庞，渭北汉子显出江南的腼腆

莲藕深藏不露，始终保持虚空之心

高冷的芦苇持续深耕绿色

大地的肺腑，氧气碰撞氧气

认准的路，一直走着

抽黄总干渠龙头吸水，把血脉琼浆

供奉给莽原上干瘪的毛孔
仁慈不腐的流水,始终把自己看得很低
在石头的肩上捶打筋骨
在崖岸的脚下找出音符
但现在,它一高再高
躺在黄土塬的胸膛,汩汩歌唱

沿黄路拉细目光,小跑着直上云端
一只手牵着华岳仙掌,另一只手
触摸信天游的歌喉
晋陕大峡谷高铁长龙如风
用速度诠释着通畅
秦晋之好,每日都在续写
新时代的美丽契约

缥缈绿纱间,一只只仙鹤于溪水中

反复清洗羽翼上的倦意和旧时光

它们要带着一身纯净的白

从洽川湿地，起飞

### 三月,一朵桃花在枝头张望

众多姐妹,一起
挤在三月的门口探头探脑
而你,无疑是最抢眼的那个
金黄的光线
从天空跳跃而下
枝头筋脉饱胀,爱情正在着色

春风自有明眸,心上人
心思不在针线
良辰吉日
总让几个多情人暗自伤神
思绪里,一首唐诗出镜渲染
带着默诵或吟唱,扰乱如画烟柳
不过这均非桃花的本意
自始至终,她守着恒定的情愫

从闺房到厨房

来日,并不方长

人间烟火,替青春勾勒出

细致的轮廓

尘埃落定的日子

她将隐去青涩

用甜蜜的味道,把日子磨出的

缺口填平

把失色的地方,涂亮

### 老柿树

高寿的,几株老柿树
散居在村外的崖畔、沟边
迟暮之年,它们
借助风
用枯老的枝叶
向天空打着招呼

每年,它们照例生出新叶
和忙碌的庄稼一起,深入节令
成熟的果实,晾在霜天里
刺红秋天的眼睛
干死的枝条,静静躺在屋后
坚硬的部分,隐藏着火焰

村道上身影匆匆
如今,它们只是熟悉的看客

倾其所有,也凑不齐一个
像模像样的秋天。它们为村子
已搜寻不出更多,金黄亮丽的词汇

### 子夏石室的桃花

先生快听,十万多桃花放弃死亡

一起喊出了磅礴的秘密

芬芳的惊涛,裂岸,刺目

羞红世俗

沉寂后的一次集体表态

她们都是先生虔诚的弟子

以另一种方式,学成归来

只是脱去青衫,着装过于醒目

积极入世,为了自己和河山

大河感动,启动修辞

以一曲桃花汛,宣示春天启程

先生沉默是金,只要您不举起沉沉的戒尺

弟子们就读出了您的嘉许

您老仔细听听,龙门之上

大河正蓄积队伍,准备用同样庞大的桃花汛

与这些嘉树,赋诗唱和

### 罗山寺的春天

春天，不会厚此薄彼
像布道者，叩开罗山寺虚掩的静默
她在所有适宜落脚的空隙
安放清风、鸟鸣和光亮

罗山寺早已不是寺
战火兵燹后，脱下袈裟还俗
寺塔兀立着，依稀有寺的模样
现在，花草是另一类信众
它们拾级而上，在凋零与勃发的轮替中
续写经文

罗山寺，终年隐居在一个叫东马的村庄身后
眼尖的人们，还是发现了它
他们通过自然而然的呼喊

把它一次次,重新唤醒

——看,那就是罗山寺
它,还活在自己的名字里

## 武帝山写意

在古莘，人心始终装着两座武帝山
一座略低于云朵，又略高于村庄
它和村庄抬头不见低头见
此时，武帝山是世道的一部分
阴晴，喘息，穿梭晨昏的每一个轮回
着眼于每一件不圆满
人们偶尔借助山的肩膀抬高目光
换个角度回眸自己的来路
而山，也在脚步的频频叩问中
活泛起来
一起深陷缤纷的尘世，人和山互相承携

而另外一座武帝山，总是远远高于视线
在信仰的天宇打坐禅修
只有在途穷日暮之际，它才会偶尔闪现
人们在目不可及处，在仰望之上

为自己刻画了一座脊梁

于阴翳密布处，撑起温暖庇护的屋宇

让四季的耕耘和叙事得以充盈完整

两座山，亦虚亦实

一座立在眼前

一座站在身后

## 东雷抽黄一级站抒怀

这是一个异常庞大的水利灌溉枢纽
天上来的黄河水,一部分在这里毅然分流
它们收起慷慨赴海的波澜和承载巨轮的梦想
像汨汨流淌的血脉,渗入黄土地的腹心
果树开花结果了,麦子灌浆拔节了
古老的黄土旱塬绿意盎然,清秀的洽川
写满江南的婉约和北国的壮阔

此时,眼帘中总会浮现出一群青年
在古同州的一所古老师范学堂里
意气风发,用炽热的梦想编织着未来的花环
三个春秋之后,他们像星星遍布渭北的大小村落
通过窄小的讲台,在如黄土一样干涸的心灵上
播撒另一种甘露。黄土地的眸子清亮了
梦想随风绽放……

一条渠，一代人

用同样潜移默化的方式，无限接近

并亲吻着故乡的泥土

作为大浪奔涌征途的支流，他们的抒写

和长河一样波澜壮阔

只是他们选择了另一种方式亲吻大地

于无声处，滋润万物

### 在赶往春天的路上

在赶往春天的路上

与心急的桃花挤在了一起

我自觉地放慢脚步

驻足路旁

让她心无旁骛

快速地占领虚位的枝头

她的身后

涌动着青春芬芳的队列

杏花、梨花……

欢呼着一路向前

一场不约而至的盛会

在山野和果园

铺开场面

记忆中的花事

一次次生动浮现

这个季节

沉重的双腿

让我无法再次盛开

而就在为花朵们让行的瞬息

竟无意间

完成了一次深远的铺垫

如同叶子

衬托出前台的花朵

此时

已无需匆匆赶路寻觅

就在路旁

就在刚才

我已成为春天

一个生动的部分

## 风 铃

不发声
无法证明自己

可一旦开口
人间会淡淡说一声
起风了……

### 万顷芦荡

登上蒹葭号游艇的甲板
就站在了春天的入口
青春洋溢的马达声
徐徐划开天空的蔚蓝
越过云朵
小心避开看热闹的鱼群
优雅地抵达春天内部


一首古风
坐在芦苇肩头抑扬顿挫
万顷芦荡兴奋起来
应和着
排山倒海的合唱
这芦苇就是记忆里的那些
苍苍蒹葭
她们依然古色古香

在水一方
容颜不老

伊人渡
人流如织
用脚步探试着春的深浅
曲径通幽处
绿肥红瘦
风情万种
关雎岛、伊尹躬耕园、望河楼
这些春天的驿站
终年守望着绿海波涛
及至关雎桥畔
又与一场旷世的爱情传奇
缠绵擦肩
所谓伊人

静静穿越古今

倩影若隐若现

浩浩荡荡的芦苇

在黄河臂弯落地生根

繁衍生息

它们汲取大河的乳汁

又回馈众生以安享之所

鱼翔浅底

鸟鸣四季

生民们依水作息

遵循天理

一茬茬芦苇

举着生态的旗帜

沐浴日月

染绿梦想

在心里藏一块纯粹的铁

生命跟着绿色在湿地蔓延

乡愁古朴而清新

渗透骨髓

万顷芦荡

春深似海

一个梦想落地就可以

发芽茁壮的地方

适宜诵读　凝望　回忆　安抚

和放飞灵魂中的

一缕缕情思

### 十里荷塘

踏上堤坎
便中了七月的埋伏
十里荷塘
分明是倚红偎翠的光景
猝不及防的暗香
以箭簇的锐利
偷袭嗅觉
目光顿时失去矜持
毫无悬念地跟着
一起沉沦
那些或红或绿的影子
颔首侧身
透着婀娜

此时荷叶阔大
如青春翠绿的衣袖

撑起夏日的颜面

张力爆棚的筋脉

活力四射

可劲地吸吮着阳光和水

《诗经》里的风

源源不断地

从时光中吹来

滑过荷的脖颈和腰身

令十里荷塘

在出世和入世间快速地切换

充满想象


通过一颗露珠的眼睛

探视荷花

恰到好处

相隔一句古文的距离

刚好不近不远
夏天的桌面上
素笺舒展
任那风蘸着荷香
逐一勾勒　泼墨　皴染
力透荷塘的画卷
而几只蜻蜓适时地切入
就算是一行隶书的题跋

铺天盖地的十里荷塘
碧叶接天
荷红映日
谦逊纯洁的藕
深藏不露
这次第
容易让灵魂陷落

无论魏晋

要体面地抽身

着实不易

东边是肤色一样的黄河

西边是古道热肠的莽原

一路逶迤向南

置身其间

十里荷塘在土味深厚的家底上

出落得江南味十足

亭亭玉立

一场韵味古典的邂逅

静候了何止千年

### 候 鸟

寒冷逼近的日子

你携家带口

返回了这片温暖的湿地

如省亲的游子

重温亲情和祖宅的庇护

天寒地冻

恒温的乡音不会结冰

依然牵魂入耳

护佑梦想和蹒跚的脚印

熬过霜雪

朴实的芦荡和池塘

倾其所有

化作家常

喂饱返乡的每一个晨昏

守望的日子

疲惫和飞翔的伤痛

淡出记忆

力量和信心悄悄积攒

日渐丰满的翅膀

跃跃欲试

出发的轨迹

在天空越来越清晰


寒冷之下

阳气攥紧手心

芦苇和残荷的脚心痒痒的

按捺不住破茧的冲动


一切静候自然

莽原　田野　池塘

还有庭院里的眼睛
凝神屏息
等待一丝北上的风
触动蓄势待发的羽翼

## 帝喾陵的荣光

古有莘国的故土
祖先在乡音里安眠
他的光芒每日随朝阳升起
照亮山川河流和道路
仁德深入泥土
子孙相貌堂堂
语言铿锵
满是阳刚的味道
跨出去的脚印踏实有力
每一步
都入土三分
文明在一条大河的跌宕中
冲刷 沉淀 传承

围绕陵冢
逆时针追溯

时间的外壳一层层脱落

民本在思想的高度

熠熠生辉

启迪未来


日月星辰

早已融入祖先的智慧

恒久闪烁

有条不紊

犁铧被土地擦得光亮如镜

映射出汗滴　禾苗　喜悦

和书写稼穑的起伏

土地宽厚

诚如祖先的胸怀

包容一切卑微与伟岸

而奔涌的血脉

持之以恒地湿润温暖

滋养生命

花开花落

当暮色垂临

祖先的品格随薄雾缓缓升起

笼罩四野

一切归于沉寂

安静祥和

并于沉寂里酝酿

蔓延

### 红叶之恋

柔弱,单薄。涉过大川
在接近末端的季节里,飘摇,留痕
激不起大风浪、波澜。凋零的短暂时空
日趋寒冷的目光,屡屡被点燃

这是一个家族集体的赴约
一片林子,默契地同时亮出肝胆
单薄的肩,扛不起沉重的寒意
但一场决绝的告别,足以让世界
眼红,心跳

多像敢爱敢恨的你啊
绚烂过了,放下和离去
从不拖泥带水

## 为棉花浅唱

有一朵
甚至称不上花的植物
只在秋天的田野
肆意舒展
与故乡深邃的天空
深情对望
互相映衬着彼此
内心纯洁单一的质地

品质温柔的棉花
始终赶在寒冷之前
把内心蓄积的所有阳光
毫无保留地
捧给季节
这容易让我们联想到
默默无闻的母亲

总是早冰雪一步
絮好御寒的棉袄

母亲不善言辞
表情朴素
很像棉花
把爱和坚韧
都藏在柔软的质地里

## 写给落叶的诗

归期早已注定

面对寒风的冷言冷语

临行之际

总有万般的不舍

既然是不可躲避的宿命

那就痛快地跟季节握手言别

带着夏日火热的记忆

以舞者的姿态

融进泥土

放心吧

没人会嘲笑你的迟疑

向死而生

毕竟不是一个轻松的话题

等熬过了这个冬

明年春天

我依然在枝头

等你

## 细　雨

细雨，绝对无愧于自己卡通般的昵称

突出细致和慈爱的情结

仔细的手法，刚好和成长的节奏

合辙押韵

无声有大爱。她俯下腰身

把母语以一种绝不突兀的方式

讲给万物

引导鼓励泥土，分蘖出怜悯的食物

恩及众生。这让我们常常自然而然地

联想到日子里的另一种情感

——母爱

## 相　框

相框慈悲为怀，面目安详
它愿意包容宽恕逝去的一切
每一段时光的切片都是充实的
都值得，在相框内有一席之地
人和物无一例外

框内到框外，近在咫尺
却要走很远的路
这是从真实到回忆的距离
这是从正面到背面的距离
这是从眼前到远方的距离
这是从等待到怀念的距离
这是从存在到证明存在的距离

每个人都有命运为自己量身定制的相框
只不过，有的底片情节苍白

质地松软无力

有的脉络分明,气韵生动

晨辉夕照中,翻涌着不息的光亮

### 一只蚂蚁

负重的,一只蚂蚁
奔我而来
在脚前略作停顿
一番思索后,它
决定翻越

几次三番,它和食物
一起跌落下去
短暂观察后,换了个角度
它又一次出发……

最终,我屈服于它的执着
不由自主地挪开了脚
看着它跟跟跄跄爬到洞口
被几个欢欣鼓舞的同伴
迎进家门

凝视中
我似乎看见一个
曾经懵懂无知、四处碰壁的
青年
带着倦意与伤痕，逃回村庄

## 红　豆

有新雨做了铺垫，春风
在窗外絮叨着陈词
土生土长的种子们，都怀揣玫瑰
入土投胎

你是我捂在手心里的一颗红豆
在秦岭之北，久漂为客
陪我以诗文照亮晨昏
涂写在雪花和月光上
我常用一杯菊花茶
清火明目。也偶尔用它滋润你
不服水土的红颜

在坚硬而粗砺的北方
你萌发的梦，在我清瘦的笔尖
不停地吐出芬芳和花朵

描出小桥、亭榭,还有咿呀的桨橹……
这辈子,我只能用这种笨拙的方式
默默地为你,搬来半个江南

# 无 题

谁叫你如此忧伤
结满珠泪的残红
谁让你伤痕累累
零落成泥的秋叶
谁蹑手蹑脚爬上枝头
计算甜蜜的佳期
又是谁躲在冬的闺房
静候春天的花轿

谁的呼吸，唤来蝶舞
谁的泪雨，无言倾泻
谁家浪子，云走四方
又是谁，手持利刃
把额头划遍
又分切流年

是谁让心激动不已
是谁让人诠释不尽

## 洽川夏荷记

四月，她开始抛头露面
六月，便有了纷繁恼人的心事
这姓夏名荷的纤纤女子
在洽川傍水而居，与汤汤的大河
异曲同工却又和而不同

她以清秀出镜，以婉约示人
她擅长用绿铺排，在绿里舞蹈
在绿里大开大合，抵御尘埃
她用绿为绿释义，仿佛绿
才是洽川盛大夏日的唯一法典

不同于披上蓑衣假扮渔夫的芦苇
她穿上摇曳的裙子，成为夏日
真正可人的新娘
浩荡的湿地是她的闺房

临水为镜,对月梳妆

她和姐妹们终日描摹,忙于女红

从工笔的蜻蜓,到写意的熏风

浩荡的绿意,被她们渲染得浓稠似墨

以至于访客只需以指代笔,随意尽情涂鸦

整个洽川,便烟雨朦胧,深陷江南画轴

一朵朵带露的花斜伸出来,借助轰鸣的阳光

替洽川绿底子的画扇和信笺

烙下一枚枚嫣红的水印


在这里,家人们习惯称呼她"莲"

并把这个汉字,作为一个个女孩子芳名的后缀

他们觉得,莲就是怜

于是一辈辈手把手心传心,通过呼唤名字

把美和爱,结实地捆绑在一起

### 玄武青石殿

青石殿
深陷时光之流
纵然千万次地呼唤
始终无法冲出
世俗层层包裹的重围
坚硬的石头
几千年铁青着脸
与尘世
保持足够的落差
可他
也有着柔软的内核
和向往舒展的心
一颗新芽
在裂开的缝隙
默默地偷窥着春天的人间
漫长无边的修行之路
泅渡灵魂
唯靠自己觉悟的一声呐喊

在心里藏一块纯粹的铁

## 果实般的鸟鸣

青枝绿叶间
缀满果实般的鸟鸣
微风抖动树枝
又纷纷跌落草丛

我愿有一只能盛放
声音的篮子
把这些天籁
捡回屋子
待暮色苍茫时再拿出来
如获至宝
一颗一颗,仔细倾听

### 大雪掩盖了柴火堆

大雪进入村子
柴火堆缩作一团
冰雪下,骨头咯吱作响

城乡接合部的工地上
一群安全帽挤在一起
用方言,和刚听来的段子摩擦御寒
雪霁天晴,余活收尾了
就能排队结算

白雪下,他们和故乡的柴火堆
不知道谁更像谁
他们都身藏火焰
等待亲人,用一声呼唤
点燃

# 邻　居

日子久了，我们已不再
视对方为客
像早晚拉着家常的老友
守着一壶清茶，推心置腹

这是一株羞涩的梅
她从我的体内破窗而出
每天带给我新鲜的空气和阳光
而我也会投桃报李，让她的根
在我的心里越扎越深，用一丝血脉
供养她千金傲骨

花期很短暂，香也不那么浓郁
始终和世俗保持着，干净的距离
很像我乏善可陈的青春
在月光下，一晃而过

便匆匆步入一首词,波澜不惊的
下阕

因她的脾性,我的肺腑
常常猛咳不止。长年的挣扎中
这位冷艳寡言的邻居
冷静地守候在断崖前
一次又一次,用独具优雅的暗香
稳住我摇摆慌乱的阵脚

## 马踏飞燕

脱下战袍,战士的心藏于体内
习惯驭风而行,蹄铁早已布满塞上的寒霜
止戈之心,被闪电锻打成一枚枚镀满月光的铁钉
紧紧镶嵌在边关的每一个骨节上
月圆之夜,思念压低关隘
一封封家书,反复在雁阵中起笔落墨

烽火已然安眠,硝烟化为云朵
太平的雨水随之降临,抚慰着
汉家宿梦里的千里江山
从故乡起飞的翅膀,现在
要引领你努力地归去
穿过古道旧驿,驮着青铜的荣光
把你的骨头和灵魂,踏实地
安放在长安的大地

王者归来，铸剑为犁
你时时奔腾在家国厚重泛黄的书页上
近两千年的时光，从未懈怠沉沦
剑戈撞击的火星，时常划破梦境
鼓角的铿锵雄风，漫过故土神州
不停地刷新四方，心驰神往的目光

## 残 瓷

一件破损的瓷罐
岁月在伤口处结了痂
一层平静如水的包浆
不动声色地
完美覆盖了裸露的疼痛
时间让它淡忘了
曾经受伤的事情

这是一只曾经
腌制了多年咸菜的容器
贫血的日子
那是保命的依靠
破损处的边缘
隐现着一层盐霜

谁是那个有意无意
伤害过它的人

谁又是那个

不停给它伤口

撒盐的人

## 鸟　巢

一个鸟巢

守在村口的枝上

如同村庄的眼

注视着路口

等待熟悉的声音和身影

某一刻

惊现

觅食的路

越走越远

方向飘忽不定

归期亦未定

一切

都期待年关

盘点

### 丰收的滋味

清明前后
种瓜点豆
把自己想象成一粒
庄稼的种子
埋进土壤
跟所有的兄弟姐妹
一起
等待雨水降临

阳光和风
总是如期而至
催促着发芽的事情
众多的嘴唇
努力吮吸着土地的乳汁
一节节拔高自己

分娩的日子

在心里藏一块纯粹的铁

土地明显地干瘪消瘦下去

我们手捧黄金白银

接受检阅和赞美

村里村外

满意地谈论着收成

到处风轻云淡


闲下来的土地

裸露着凌乱　粗糙　寂寞

甚至有些丑陋

如同秋收过后

辽阔穹庐下

佝偻着脊背拾穗的母亲

## 压 力

一片一片

看似漫不经心

举重若轻的雪花

集结成山

在暗夜里

不动声色地

压折了树木的意志

好像柴米油盐的琐碎细节

蹑手蹑脚

手持时间的利刃

摧毁了一个中年的抵抗

一切都毫无预谋

一切都风平浪静

## 又一年

岁月借走的青春
都补贴给了草地、果树
和飞翔的翅膀。在年底
只还回来一些安慰性的成熟
和沧桑,还有胡茬、几丝白发
这些时光的躯壳
带着歉意

而我,这个时候
又总是充满了莫名的担忧
唯恐她开春不邀,或者
不再理直气壮地向我伸出,自信
饱满的手臂

不然,我会忘了,忘了
原来时光无影的脚

不经意间

已穿越四季,又站在了

新的起点

## 入春札记

在未知里开疆拓土

有些空间等待打开,等待

以时间的名义重新赋予新义

有些初沐春风的处女地

需要频繁弯下腰身,一次次启蒙

需要教一粒种子认识飞翔

需要一次献身,体会

孕育、萌芽、成长、开花

融入春风,淡化老旧的模样

你要借机坚强起来

依靠钢铁扶起日渐坍塌的自己

用新鲜的食物喂养千疮百孔的日子

用新鲜的玫瑰花供养娇贵又稀少的爱情

是的,嫁给爱情的人日渐孤独

逼仄寡淡的家常,盐越来越苦涩

需要收集无限的雨水

不停地稀释

需要从天空摘取清亮的啼鸣
蔚蓝当纸,画好下一段旅程
许多积攒下来的老黄历
显示出祖先的智慧
我们频繁地依靠农历和谚语
校正时尚和现代性的错误

我的骏马,早已潜入嘈杂的市
井
它习惯了在沉默中负重
我的脉搏里,隐居着它的蹄声

## 旗　袍

词语的嘴里有毒
有致幻剂，有疗愈之光

必须有
一方妥帖的时空
借助第三者，置换出你的
饱满、热烈、妩媚或者
空虚、迷离甚至
风尘和
怨恨

总在试图还原真相
还原山峰、大地、平畴沃野
还原沟壑、丘陵
还原江南湿润的轮廓
还原塞北寂寥的风雪
还原光明和灿烂

还原清癯与暗淡

不阻挡美,也不遮蔽丑
像律诗,似绝句,又宛如宋词
长短参差的上下阕
可婉约,可豪迈
许你婀娜婉转地押着韵脚
也许你胸怀山河状如须眉
着色与留白,总是那么地恰到好处
自然的窗口,有你驰骋纵马的辽阔

诗意了市井街衢,滋润着红尘万千
东方魅力,在抬头颔首一颦一笑间
一笔一笔,洇透纸背
融进古典又亮丽的柔美诗篇

## 樱　花

粉红的爱情

洇透春天的脸颊

满腔思绪

以蓬勃的浪潮

吹响怒放的号角

牛毛雨

随心所欲

在季节舒展的心坎上

肆意点染

此时

总有一种欢呼的冲动

想给时光

写一封尚有留白的书信

告诉她发生在樱花树上的

万般美好

如果有风走过

那就邀风陪我一起

深入这温润炫目的画卷

以青春的名义

唤醒万壑千山

## 天桥上的蜗牛

雨过天晴,地面
快速失去水分
一只小小的蜗牛,拖着
仅可容身的家
被困在天桥的石板路上
退不回,也进不得

此刻,天桥上摩肩接踵
晚高峰正在急速涨潮
一股莫名的酸楚瞬间袭来
我俯下身
把它小心地托在掌心
桥下不远处,是大片的绿化带
有花朵、草叶和湿润的泥土
糊口栖身,都比较容易

抬起头,城市的天空

正无畏地蓝着
某种无言的暗示，引导着
流云和风奋力向前
小蜗牛谨慎地伸出触角
熟悉着一片新天地

我再次融入人海，向着下一个码头
泅渡
一路击出鲜活的浪花

## 第四辑

# 唯美汉字

我重指掌，吾观阴阳化升降。

纵横前后晚昏，始终除邪有终至。

理谅斯存万古典。

# 王

横平竖直
顶天立地
男儿
跃然纸上
一身铮铮铁骨
挺起万丈豪情

为君
作宰
常柔肠寸断
居庙堂
把江山社稷
捂在胸口
长夜未央

高处不胜寒

在心里藏一块纯粹的铁

唯有

明月对望

烛亮心怀

塞外的马

孤枕上

嘶鸣千载

# 人

这两笔

不太好写

有的人

描了一辈子

也把握不好轻重

着墨过深

身板略显僵硬

就少了些许生气

水多了也不行

容易面色苍白

无力

撑不起脊梁

狼毫兔毫

倒在其次

和落笔所在

有一点关系

诸如宣纸

江湖

或者是人心

最最重要的

是握笔的姿势

还有

姿势之后的

心思

一个简单的

汉字

容不得败笔

写好了

浓墨重彩

写不好

一塌糊涂

# 北

背靠背
这是一种绝对放心的姿态
把软肋和盲区
交给对方守护
便同时交出了所有的家底
这交情
肯定是过命的

这是一个简洁明了的
方向
有些人不小心丢掉了
就再也难以找到
不管是苍茫的沙漠
还是在早晚颠倒的都市
找不到这个汉字——北
总归是一件
无比悲哀的事情

# 田

陇上植桑麻

陇下饲鱼虾

这样的布局多么江南

诗情和画意

像稻谷

从日子的肌肤上

拔节抽芽

四四方方

平平整整

藏着千古人心

承托天下太平

# 困

作为植物

没人能阻止你,除非

如桑蚕,自缚作茧

可那成蝶的翅羽,分明扇动了

丝绸的光芒,照亮

前程似锦

捆住手脚的,不是眼前的

遮挡和掩盖。身体里的不堪和凌乱

才是元凶

迎风舞动四肢,萌发粗枝大叶

如磐的伞盖下,又成就了一所

灵魂栖息的庐舍

## 秦

老秦
不是一个人
是一群人
趴在一起
伺候一株庄稼
砸下的汗滴
溅起漫天黄土

农闲时节
老秦们就蹲在一起
收拾戈矛
随时准备着
跟诸侯打一架

老秦
养的马

个个膘肥体壮
一声长啸
周天子
跌落蹄下

老秦
不善言辞
喜怒哀乐
都闷在喉咙里
动情处
一嗓子秦腔
在关中
回荡千年

## 森

一棵树
踏着两棵树的肩膀
威武地站在一起
他们立足泥土
组成楔形的进攻队列
向天空冲锋

信念
从根部源源不断地
向上输送
向上　向上
枝干随着根系开疆拓土
他们努力地触摸太阳
生命的气息
从翠绿的枝叶间肆意弥漫
星球的呼吸
匀称而充满力度

季风的召唤周而复始

树木不敢歇下拓荒的脚步

电锯和斧头

整日间磨刀霍霍

这场较量

还没有完全化解

一场意志的马拉松

考量着韧劲


青春洋溢的树木

手拉手肩并肩

自信从容地向前迈进

脚步走过的地方

荒芜销声匿迹

万物滋养

生生不息

# 川

刚写下一笔
眼泪
就辣了出来

三条江河
汩汩注入盆地
佐以文武之火
日子
便麻辣麻辣地
在舌尖
舞蹈

火锅的江湖
单纯而热烈
涮过之后
啥子烦恼不快

烟消云散

一场大汗淋漓

人生

豁然开朗

# 河

点滴之水

不足以济世

救命

可矣

水多

力量大

这个道理

河懂

从一滴水

起家

一路积攒

成长为河

也奠定了河

在江湖中的地位

河走过的地方

往往草木丰茂

牛羊肥美

还有炊烟

鸡鸣犬吠

在日历上渐次生动起来

语言和文字

纷纷在河边

安营扎寨

并陪着河一起

沐浴日月

浇灌史册


或大或小

有壮有瘦

不同颜值的河

最终

都流进了

我们的心里

同血液一起奔涌

# 诺

一句话

若踏出嘴唇

便掷地有声

钉在信任里

撼动不得

这样的话语

和身份无关

和讲给谁也无关

但和心房的温润

丝丝入扣

灵魂里孕育的词句

如珍珠

千金难买

不可多得

这样的话语
往往简洁了当
缺少寒暄铺垫
缺少修辞和纷繁的枝节
却让耳朵踏实
目光明快

这样的话语
如果气候适宜
也会生根发芽
说不定还会开花
花朵一定不大
不事奢华
不会招蜂引蝶
和营造绚丽

驷马难追的句子

光亮厚重

如针脚细密的土

布棉袄

可

融化陈年的冰河

亦可

擦亮日子的门楣

## 美

穹庐之下

河水清亮透澈

绿色肥美茁壮

一大群云朵逐草而居

咀嚼阳光

心情

可想而知

微风嗅着草香

梳理山岗

他们在时光中

欢呼跳跃

咩咩声

清脆悦耳

喂饱了肚子

就躺下来

收集午后的阳光

水草丰茂的季节
时间充沛
赶在冬天到来之前
织一件厚厚的毛衣
把雪花
远远地挡在门外

一只只
喜气洋洋的大羊
令庭院充实饱满
无忧无虑
这种吉祥的气息
随烟火袅袅升腾
愉悦眼目
心灵
还有天地万物

## 禾

午时的日头

悬挂在草帽边缘

稼穑之路

艰辛而漫长

与饭碗有关的一场修行

这不是小事情

额头的汗

早已不够用了

必须依赖雨水

阳光

还有风的照顾

万千五谷

心情舒畅

努力地长高长壮

待低头行过冠礼

他们就走过打谷场

把金色

捧进仓廪

等一场雪花

把庄稼地完全包裹起来

村子里的谷物们

紧紧地拥抱在一起

取暖之余

仔细地倾听雪花

关于明年的一些安排

而在土层下潜伏的

兄弟们

此时安然入眠

他们知道

出门的日子尚早

起床前

先把春天的梦酿好

### 水

奔流不息
至柔至坚
千古的忧伤和欢乐
都与你诉说

深入骨髓内部
润物无声
种子和花叶
一路向前
你躲在果实的身后
沉默不语

梦想乘风为云
沉思结露凝霜
或作雨雪之状
顺势而为

不择细流

一路高歌向海


岸边的磐石

如高士静卧

陪伴时光

年轻时的棱角

记忆中

若隐若现


只有多雨的季节

念旧的你

絮语淅沥

檐下的砖石伤透了心

这是你此生

最温柔狠心的一笔

无处不在
心存善念
柔软坚韧的你
只有在最低处
才心地坦然

# 休

都说背靠大树好乘凉
那是一种居高临下的预设
若是一株枯木,又岂能放心地依傍

若是一棵稚气未脱的幼苗
你还要手把手,指给它天空的方向
还要教给它,如何和风团结一致
如何才能根深蒂固

若是拥有相仿的年轮,那也不妨一起
愉快地长大成人、成树
在一条水平线上,平等地凝视彼此
疲惫时,便把无助的额头
放心地靠在对方的肩上

## 好

盈盈浅笑的
女子
始终置身是非之外
尘世间的一切赞美和终结
却无法逃避
你的
一锤定音

白云仰慕蓝天的高远
绿水成就青山的盎然
如同文字
塑造史册的春秋笔法
生命的善意和智慧
无法容忍岁月的
任意删减
站在否定的对立面

宛如一面灵魂的镜子

一个汉字的
点头首肯
至关重要
就好比
向往和追寻
在三月的画框里
眯着
笑意暖暖的眼睛

## 家

撑起屋顶
养一只胖胖的小猪
日子就鲜明生动
活泛起来
啼哭在扉页上
点燃香火
额头
亮亮堂堂

遮风挡雨的
地方
血脉
深入泥土之下
繁衍为根
亲情
枝繁叶茂
每一窝梦
都安然无恙

第五辑

# 时令神韵

## 立 春

坚冰，不甘在一夜间被打破
面对僵局，春风不厌其烦
一遍遍说尽好话
从温暖的源头顺流而下
她有足够的自信和方向

毕竟封闭得太久，万物将信将疑
这是一个摸着石头过河的过程
从一滴水的跳跃，到整个冰层全面解封
从迟疑着解开衣襟，到欣然披上盛大的绿装
春风从光线外唤醒冬眠，把无精打采的头颅一一扶正
有条不紊地化解隆冬残存的心结

春风打下的地盘，都是春天的根据地
心里接纳了春风，就是接纳了一日比一日盛大的爱情
土壤欣然拥吻种子
天空开始布置飞翔

## 雨　水

这里头，肯定包含属于我的部分
它们来自天空的眼眶和汗腺
悲伤或委屈，都浸透盐分
暂且都无条件交给江河，让一滴水
在旅途中跳跃并接受摔打
在浪波上读懂渺小
在沉浮中体会疼痛

一滴水的成熟，源于
一个轮回，无数次洗礼
有升腾之际站不稳脚跟的轻浮
有重回大地时的凝重与踏实
向着大水集结的快意
和返乡寻根，有着何等的相似
怀抱感恩，充满期待
暖心，亲切而又陌生神秘

好雨自古择时而临

走向低处,在未名的草尖上喊出悲悯和爱怜

把宽容和辽阔带回故乡

带回淹没一滴水的江湖

## 惊　蛰

再响亮的雷声，也叫不醒枯萎
有些事物睡得太沉，放弃了出发
挺过来的，都穿好新鞋在门后侧耳
悸动和阵痛是肯定的
冲锋必须从内部发起
必须从内向外冲撞，刺破茧壳
自己替自己找到出口

分娩的时空险象环生
看见白之前，世界
会让你先领教黑的奥义
等喊出了属于自己的第一声
天地就真正活过来了

## 春　分

站台前，绿皮火车一闪而过
轰鸣的时光中，季节的铁轨拽着鲜亮的光影直奔花海
现在，春天正在失去她的春天
这么快！无暇放纵和虚度
便也陷入必须瞻前顾后的中途

作为被季节寄予厚望的长子
有些构图还没来得及着色
一些情节没来得及完全展开
发福的春风
已略微显出慵懒之态

过了这个村，可就真的没有这个店了
是时候剪短刘海儿，给散漫的长发打个结
下一个赛段比拼的，可是
生长的技艺

## 清　明

天地之间

因一个节令

而让山河集体动容

年年都无法回避的时光

让柔肠愈加脆弱

季节的枝杈上

开满牵肠挂肚的思念

亲人的泪水化作雨水

以更加细致入微的方式

深入泥土内核

贴近亲情

香烛花影中

故人久违的音容

跟随鲜亮春色

活泛生动起来

旧土堆上明亮的迎春花

标出阴阳的界限
从天堂到人间
也就一炷香的距离

穹庐之下
万物匆匆走在向上的路上
岗坡边缘
清风怀揣一首唐诗
努力安抚着
踉跄迷离的春天

## 谷　雨

谷雨，可以是一树浓稠的鸟鸣
被一群自由的翅膀
在暖暖的风中，摇来晃去

谷雨，也可以是一件剪裁得体的春衫
燕子穿着它，把王家的草泥
执着地搬到谢家的檐下

谷雨，还可以是嘟着嘴任性的云朵
淋一淋山峰傲娇的头，浇一浇屋前绿得跳跃的草

当然了，谷雨可以是你想象的一切得意
比如，是一把精致的木尺
刻上星星的火眼，随时量一量
春天的深浅

今天，万千草木沐雨为盟
把向天空进军的号角重重地吹响

## 立 夏

这是进入而立之年的主题
是生命,这一刻都开始思谋燃烧
植物们恪守祖宗成法,把登高的动作
做得轰轰烈烈
试图昭告天下,自己才是
最热爱太阳的人

## 小　满

这节令的中产,得意于体内
小小的膨胀
它们在晨光熹微的晨读时刻,昂首挺胸
自信地嘟着富有弹性的小嘴巴
反复诵读着刚刚学会的新词——

是啊,灌浆!灌浆!刻不容缓!
读起来简单,要真正写得端正圆满
又谈何容易
阳光和风频繁地鼓掌,圆润的雨滴也
隔三差五地探问
这份作业如果完成不好,整个暑假
也就没了意思

在脚下这块田里

去年就有两位高年级的学长
只因为把这两个汉字没有写好
被大家取了个差耻的外号：秕谷

# 芒 种

稻谷和麦子
一对孪生的兄妹
当清秀的稻秧在江南
深入田垄，临镜梳妆的好日子
朴素如泥土的麦穗日渐丰满
它们挣脱青涩的羁绊
和风雨阳光，频繁探讨着成熟的内涵

这是多么美好的景象
细致的编排，让亲人们充满期待
在宽阔丰饶的家园里
这两种家常的作物，始终是餐桌的主角
它们精心装点晨昏，为南国和北方
烹制出风格鲜明的口味
让收获有了接近现实的注解

## 夏 至

凡事适可而止,这是阳光的智慧

它在高潮处收住脚步

给喧嚣的车马,勒住缰绳

良善的阳光没有高不可攀

它总是放下身段,探望幽暗处的微小

和努力触摸它的手臂,相向而行

## 立 秋

跨过了约定的门槛

蔚蓝便失去了约束

云朵放纵地在辽阔里放逐自己

深情的雨水带着所有嫁妆

随风四处流浪

草场和河流吃醉了酒

在时空的经纬里

忘情歌唱


金色的盛宴

开启一段山高水长的旅程

斑斓的帷幕拉开

枝头捧出甜蜜

果实深沉思索

藤蔓抓着阳光的梯子

仰望星宇

浓墨重彩的画布深处

辛劳的蜂蝶们

在花蕊间

为秋色描上点睛的一笔

大地日趋丰满

掐算着分娩的好日子

湿地的候鸟们

抖落夏日遗留的

最后几许酷热之后

便开始仔细地打理羽毛

一切终有一别

待仓廪充盈

尘埃落定

秋天就会坐在高处

倾听无边落木鸣响的笛音

在季节的长亭外

为时光饯行

## 重　阳

踩着菊香
每登高一步
苦痛就被抛下一截
九月九日,坐在金黄的台阶上
安然眺远。黄昏的驿站
清澈透明起来
季节从容不迫,落下
收官的棋子

思念愈发浓重
凝结成露,打湿重重心事
一杯菊花酒,醉了山野
也醉了陈年不息的流水
高处寒意重,未及参透来路
霜白,已压低回首之际的眉宇

花叶应时应景，和时光

痛快地唱和抒怀。收割后的泥土

总是虔诚地为下一个轮回留白

谢却鸿雁的邀约。留下来吧

在北国，模拟那些沉着的乔木

为来年返程的翅膀

做个记号

## 大　寒

庚子大寒

处于强弩之末的节令

已无力射出

最后一支

冷箭

一种向暖的感觉

最先被一只羽毛靓丽的鸟

在一片逐渐融化的

薄冰上

无意中喊了出来

空置了一年的家

门窗还没有来得及

擦亮

一树叫"年"的果实

已快速地接近成熟

空气中

开始有一种团圆的芬芳

唤醒嗅觉


而忙碌的手臂

此刻远在千里之外

许多的不确定

也许会随时改签

返乡的日期


进入倒计时的

归程

暖心　期盼

又有些许的不安

和小紧张

## 除 夕

今天,在返乡人的怀中

都揣着一张

被捂得发烫的通关文牒

等待钟声,在午夜开启那个关卡

许多脚步还在路上

深一脚浅一脚,向团圆的方向急切地运动

家就像亮眼的大红灯笼,为归途

描出暖心醒目的轨迹


仍有亲人,必须与风雪为伍

他们用快马,把亲情

从一个驿站送达另一个驿站

许多坚守的身影,只能望着家的方向

一次次从胸中,寄出春风和祝福

扛在肩上的东西,沉甸甸的

让他们,义无反顾